HOMBRE LOBO

JOHN REINHARD DIZON

Traducido por
SEBASTIÁN IGLESIAS

Kane North era el mayor traficante de crack de Nueva York, y nadie en la policía de Nueva York, la DEA o las organizaciones rivales de la zona triestatal esperaba que su ascenso disminuyera pronto. Tenía cocaína procedente de los Cayos de Florida, de las fronteras mexicana y canadiense, y de docenas de puntos a lo largo de la costa noreste. La convertían en crack en cientos de laboratorios clandestinos de Nueva York, Nueva Jersey y Pensilvania, y se distribuía desde más de mil casas de crack en toda la zona. Se calculaba que la Red de North recaudaba más de un millón de dólares al día sin contar los gastos, y la única preocupación de North era la asombrosa carga que suponía para sus empresas de blanqueo de dinero.

Muchos de sus mayores clientes eran personas de la industria del espectáculo que se habían vuelto adictos a la cocaína, y estaban convencidos de que pasarse a la pipa de crack les daría más energía y euforia que nunca. Volverse adictos al crack los convirtió en esclavos del estupefaciente, y una gran mayoría vio arruinada su reputación profesional y disminuidos sus ingresos como para no poder permitirse la cantidad que consumían. Las mujeres pagaban el precio más alto por sus adicciones, ya que muchas de ellas se veían obligadas a hacer favores sexuales a cambio de lo que no podían comprar.

Mirjana Dragana era una de estas desafortunadas. Era una aspirante a modelo a la que se le había dado la oportunidad de protagonizar una película de clase B, producida por una de las empresas de cine de North que usaba para deducir impuestos. Los directores de la película la habían iniciado en la cocaína, y pronto la estimularon para que se pasara al crack. La bella serbia había dejado en suspenso su carrera de modelo y ahora dependía por completo de los ingresos de la película, cuya producción se pospuso repentinamente. Se encontró sin trabajo y con una adicción al producto, y tras gastar sus ahorros para satisfacer sus deseos, se vio obligada a reunirse con el propio North para resolver el problema.

Había oído rumores de las depredaciones sufridas por mujeres que habían sido atraídas a la suite de North en un ático limítrofe con East Harlem en situaciones similares a la suya. Se lo había contado a un amigo íntimo, Steve Lurgan, que vivía en un apartamento de un edificio de tres plantas en Soho, que había alquilado al llegar a Nueva York. Lurgan era un fotógrafo que acababa de regresar de Europa del Este y había cubierto la guerra de Bosnia en los años 90. Conocía algo de serbio y rápidamente se hizo amigo de Jana. Había visto cómo había decaído a causa del abuso de drogas, pero no quiso comprometer su amistad criticándola. Sólo la aconsejó cuando le dijo que se iba a reunir personalmente con North.

- Jana, por favor, ten cuidado cuando subas allí. - le suplicó Lurgan. - Leo los periódicos y tengo contactos. Esta gente está metida en el mundo de las drogas, y no me extrañaría que trataran de involucrarte en algo inmoral para sacarte del apuro hasta que se reanude la producción de la película. -

- No te preocupes, Steve. - le aseguró Jana. Era rubia ceniza, con ojos azules pálidos, nariz pequeña y labios gruesos; su belleza natural se veía realzada por una figura de reloj de arena y unos pechos voluminosos. - Sé que eres mi amigo y que te preocupas por mí. Estaré bien, sé lo que estoy haciendo. La mayoría de estas empresas tienen un seguro que cubre la pérdida de ingresos, y creo que podrán conseguir lo suficiente para mantenerme en nómina hasta que empiecen a rodar de nuevo. -

A pesar de su apariencia valiente, estaba llena de inquietud cuando llegó a la casa de North en la Avenida Lenox esa noche. Había cuatro gánsteres en el exterior del edificio, que la anunciaron al llegar por celular antes de que se le permitiera entrar. Otros cuatro gánsteres se reunieron con ella en el vestíbulo y la escoltaron hasta el final del pasillo donde había una puerta pesada de acero custodiada por dos pistoleros.

- Hola, cariño. - dijo un negro alto y delgado sentado en un trono sobre un estrado en una zona de recepción del tamaño de una sala de exposición comercial. Miró a su alrededor el lugar con todos los muebles de lujo donde otros seis negros se relajaban en las sillas y sofás mullidos que llenaban el salón. La miraban como si un caramelo hubiera entrado en la habitación. - Deja que mi muchacho te traiga una bebida. Sube aquí y dime qué puedo hacer por ti. -

- Yo... vine a discutir mi situación con Player Productions. - Jana se acercó tímidamente, caminando hasta el borde de la plataforma antes de que North le hiciera una seña. Subió al estrado y caminó tímidamente hacia donde estaba sentado Kane. El hombre la miró con lujuria, con los ojos enrojecidos por la cocaína brillando encima de sus amplios orificios nasales y su perilla luciferina.

- Chica, puedes tomar cualquier posición que te guste para conseguir lo que quieras por aquí. - sonrió North mientras sus secuaces cacareaban divertidos. - Ahora, vi algunas de las escenas eliminadas de esa película que protagonizabas, y no hay manera de que una mujer con tu apariencia no tenga lugar en esta organización. -

- Gracias. - logró decir Jana. - Es que desde principios de mes dejaron de enviar los cheques a los miembros del reparto y del equipo, y es muy difícil arreglárselas con la producción aplazada. No sé si sabes que he cancelado mis trabajos de modelo para dedicarme de lleno a este proyecto. -

- Veamos, Jana... es Jana, ¿no? Me ocupo de conocer cada detalle de mis diversas empresas. Soy el tipo de empresario al que le gusta tener las manos en la masa en sus operaciones, ¿entiendes lo que digo? - North la miró con aprobación. - Conozco tu historia, nena, y quiero hacer todo lo que esté en mis manos para que estés donde quieres estar. Bueno, sé que estabas en el carril rápido con mis cruceros, y que a los productores les gustabas no sólo por tu talento, sino por tu habilidad para interactuar entre bastidores. Sé que eras una verdadera fiestera, muchas veces el alma de la fiesta. Ahora bien, me sentiría un perdedor si no llegara a pasar un rato de fiesta contigo. Mis buenos amigos también se sentirían igual. -

- Señor North, señor. - bajó los ojos, dándose cuenta de que todos la miraban con lujuria. - Parte de la razón por la que estoy aquí es porque me excedí en mi presupuesto personal al socializar demasiado. Me doy cuenta de que me dejé llevar por toda la mentalidad de Broadway, y gasté más dinero del que tenía derecho a malversar. Tengo facturas que pagar y no había previsto la interrupción de los ingresos. Juzgué mal la solvencia de la empresa al suponer que, al ser tú el propietario, tendrían la ventaja de tu solidez. Lo único que pido es que me den al menos un mes más de sueldo, que por supuesto se descontaría de mis ingresos cuando el proyecto esté terminado. -

- Cariño, no sé cómo decírtelo, pero *Showdown In Serbia* se ha desinflado. - sonrió North. - Nuestros analistas de marketing lo han revisado y no ven que vaya más allá de Blockbuster. Tengo que cancelar esto, guapa, pero eso no significa necesariamente que tenga que cancelarte a ti. -

- ¿Hay... hay... algún otro proyecto en el que pueda participar? - consiguió decir.

- Bueno, ya sabes que la mayor parte de tu capacidad de comercialización va a depender de tu atractivo en pantalla. - dijo North inclinándose hacia delante en su trono de terciopelo y oro. - Personalmente no he tenido la oportunidad de revisar tu expediente. Siento decir que no tengo ni idea de por qué mi estudio está invirtiendo todo este dinero. ¿Estaría fuera de lugar al preguntar si podemos hacer una prueba de pantalla aquí para que pueda decidir si te doy un gran cheque? -

- ¿Por qué?, no. - Jana no podía negarse.

- Espero que no te importe quitarte la blusa, para que pueda ver cómo estarías en bikini. - Kane sacó una bolsa de cocaína que parecía una bolsita llena de detergente para la ropa.

- ¿Por qué?.. no. - Jana tragó con fuerza. La habitación quedó en un silencio sepulcral antes de que ella empezara a desabrocharse la blusa con vacilación.

- Eso es lo que yo llamo carisma. - sonrió Kane mientras apreciaba sus pechos enormes en el corpiño de encaje. - ¿Por qué no te quitas los jeans para que podamos ver lo que realmente va a vender esa foto en bikini? Creo que podemos tomar un par de líneas aquí para deshacernos de algo de ese nerviosismo. Ya sabes, eso es lo que buscamos, el tipo de dama que no se baja sus bragas a la primera de cambio. -

Se oyó un arañazo en la puerta, casi como si alguien hubiera dejado entrar a un perro en el pasillo exterior. Kane no lo había tenido en cuenta cuando lo oyó por primera vez, pero ahora era una distracción sin explicación. North sacó su celular y discó el número de contacto pero no obtuvo respuesta.

—Miren, que alguien vaya afuera y le diga a esos hijos de puta que necesitan darse prisa-, Kane interrumpió el aullido mientras Jana permitía que sus jeans cayeran a sus tobillos- ¡Habrá un millón de hijos de puta esperando entrar a ese pasillo, y pago mucho dinero para asegurarme de que no lo hagan! ¡Ahora, vayan a agarrar ese hueso, mis perros, antes de que los envíe de vuelta a la perrera! -

El corpulento tirador, que medía casi dos metros y pesaba más de doscientos kilos, sacó la Uzi mientras se acercaba a la puerta y la abría de golpe.

Enseguida comenzó la carnicería.

A la mañana siguiente, Jana Dragana se despertó en el Hospital Bellevue y entró inmediatamente en pánico. Los recuerdos del caos de la noche anterior inundaron su mente, pero el susto más grande era el hecho de que no tenía forma de pagar los gastos médicos en los que estaba incurriendo.

- ¿Qué... qué estoy haciendo aquí? - exclamó mientras una enfermera y un médico se apresuraban a anotar sus respuestas en una planilla. - ¡Me han traído aquí sin avisar, no tengo dinero para pagar esto! -

- No pasa nada, señora Dragana. - le aseguró la enfermera. - Lo cargaremos a la cuenta del Señor North con Player Productions, o posiblemente a una de sus muchas otras cuentas de seguro. Si deniegan el reclamo, puede estar segura de que el Hospital le proporcionará un plan de pago cómodo y asequible. -

- Señorita Dragana, ¿está actualmente inscrita en algún programa de desintoxicación, o busca tratamiento para la dependencia de los narcóticos? - el médico se mostró dubitativo.

- La única razón por la que lo pregunto es porque los paramédicos tuvieron muchas dificultades para sedarla. La mayoría de las veces se debe a una alta tolerancia a las drogas que estamos obligados a mencionar antes de darte de alta. -

- No, no, no hay ningún problema. - los ojos de Jana recorrieron la habitación. - Deseo marcharme inmediatamente. Pido que me devuelvan mi ropa y mis objetos personales de inmediato. -

- Por supuesto, señorita Dragana. - respondió la enfermera mientras el médico salía de la habitación. - Tiene una visita que insiste en verla, un tal señor Lurgan. -

- Desde luego. - consiguió decir Jana mientras la enfermera sacaba su ropa de un armario cerrado con cortinas. - Que entre. -

Steve Lurgan se acercó a la cama en cuanto la enfermera le permitió entrar. Era un hombre musculoso de estatura media, que pesaba 83 kilos en un cuerpo de 1,70 m. Tenía el pelo negro azabache ondulado, ojos azules penetrantes y una mandíbula fuerte. Era muy guapo y siempre había sido visto con buenos ojos por Jana, que lo habría aceptado como novio si sus aspiraciones y adicciones no le hubieran complicado la vida.

- ¿Estás bien, Jana? - fueron sus primeras palabras.

- Estoy bien, me darán el alta en breve. - le dio unas palmaditas en las manos mientras él sostenía las suyas. - Estaré de vuelta en el apartamento en una hora más o menos. Tomaremos un café, ¿te parece? -

- Está bien, amiga. - le dio una palmadita en la mano antes de levantarse para irse. - Nos vemos en casa. -

La mente de Lurgan estaba llena de temor mientras caminaba por el pasillo hacia los ascensores que lo llevarían a la planta baja y a la salida de la Primera Avenida del Bajo Manhattan. Estaba seriamente encaprichado con Jana, y había estado agonizando por su lento descenso a la adicción al crack y su infernal asociación con la organización de North. Sabía que no tenía derecho a entrometerse en sus asuntos personales, y que cualquier libertad que se tomara podría resultar en la pérdida permanente de su amistad. Sólo podía amarla desde la distancia, y esperar que tal vez algún día su lealtad fuera reconocida y lo pudiera conducir a un vínculo algo más sustancial.

- ¿Señor Lurgan? - oyó una voz familiar que le llamaba desde atrás. - Señor Lurgan. -

- Oficial Lucic. - Steve lo reconoció al verlo. - ¿Cómo puedo ayudar? -

- Oye, realmente no quiero estropearte el día, - el oficial rubio y musculoso se acercó a él. - pero esperaba que pudieras disponer de un par de minutos de tu tiempo. ¿Crees que podríamos ir a Starbucks? -

- Probablemente sabes que mi amiga Jana será dada de alta en un rato. Le dije que me reuniría con ella en el apartamento. ¿Crees que podríamos hacer esto en un momento mejor? -

- Podría llevarte al centro si fuera necesario. Mira, olvídate de Starbucks. Probablemente sabes que te he estado observando desde hace tiempo. ¿Cómo se involucró Jana Dragona en tu negocio? -

- Mi negocio. - Steve se acercó al borde de la acera donde estaba estacionado el coche en el que estaba apoyado Lucic. - Me gustaría que me explicaras exactamente qué crees que es mi negocio. -

- Vamos, Steve. - dijo Darko Lucic sacudiendo la cabeza, mirando el cielo azul sobre el horizonte de Manhattan. - Te tengo en dos de los tres homicidios recientes en los que las víctimas fueron asesinadas bajo el mismo *modus operandi*. Sabes quién dejó salir a los perros y tienes que decírmelo. Si esto sobrepasa mi control, ¿quién sabe dónde acabará? Con toda esta mierda terrorista que hay estos días, podrías acabar en Guantánamo o en algún otro lugar desagradable. -

- Perros. - Steve levantó las manos con desconcierto. - Oficial Lucic... -

- Darko. -

- Bien, Darko. ¿Qué estás tratando de poner en mí? No tengo perro, nunca lo he tenido. No sé nada de perros, vivo en un apartamento. -

- Vamos, Steve. - Lucic se masajeó las sienes. - Tú me lo pones fácil, yo te lo pongo fácil. Tengo tres ataques hechos por perros que destrozan a traficantes de drogas desde principios del año pasado. Da la casualidad de que fue por la época en que volviste a Nueva York tras tu regreso de Europa del Este. El primer incidente fue muy bueno, sin ningún desliz. La segunda vez, hiciste que una de mis ratas drogadictas se alejara de la escena del crimen. La tercera vez te vuelven a ver, te intento ayudar y me rechazas. Y aquí estamos. Ahora tengo un motivo. Esta chica que te gustaría coger está siendo presionada por Kane North para hacer lo sucio para él y sus amigos. Los destroza un perro de ataque, y aquí estamos contigo visitando a la única sobreviviente de la masacre. Eres un corresponsal de guerra, Steve. Analízalo un minuto. Si fueras yo, ¿qué estarías viendo? -

- ¿Cómo voy a saberlo, Darko? ¿Quieres que haga tu trabajo por ti? No soy un entrenador de perros. Tal vez alguien está por ahí haciendo movimientos contra los traficantes de drogas y mandándoles perros para que los ataquen. Tal vez yo estaba en el lugar equivocado en el momento equivocado. Haz lo que creas que tienes que hacer, pero, a riesgo de ser castigado, estás golpeando en la puerta equivocada. -

- Bien, quieres jugar duro. Tu amiga Jana es una adicta al crack. Puedes ir corriendo hacia ella y ella puede llamarlo una violación del secreto médico, pero luego tú y yo vamos encarar el asunto y vas a perder. Vuelvo contra ella y sabes que se resbalará y caerá en algún momento. Mira, no podemos tener justicieros sueltos lanzando perros a los capos de la droga, independientemente de lo noble que sea tu objetivo. Pasaste un tiempo duro en Bosnia, sabes cómo se juega el juego. Tal vez regresaste aquí y pensaste que podrías aplicar tus habilidades en las calles de Nueva York. No sucederá, Sr. Lurgan. Soy de Serbia, mis familiares sufrieron y murieron durante el conflicto. He visto lo que ocurre cuando la gente se toma la justicia por su mano, y no me quedaré de brazos cruzados mientras ocurre aquí. -

- Estoy de acuerdo contigo, Darko. Lo apoyo al cien por ciento. -

- Tengo pelos de lobo en la escena de los crímenes, Lurgan. - le gruñó Lucic en la cara. - Tengo zoólogos verificando que las marcas de mordeduras en las víctimas eran mordeduras de lobo. Alguien que conoces ha entrenado lobos para que destrocen a los traficantes en estas escenas de asesinatos. Mira, no tengo más simpatía por los traficantes que tú, especialmente por los que están arruinando la vida de mujeres como Jana Dragona. Aun así, hay una ley que rige esta nación, una ley que protege y defiende a nuestro pueblo, una ley que no podemos obviar cuando nos parezca. Yo he jurado defender esa ley, y esa ley no contempla que los justicieros manden lobos contra los traficantes de drogas. Tienes que decirme quién está detrás de esto para que pueda asegurarme de que no vuelva a ocurrir. -

- Lo que puedo decirte es que Jana me importa mucho. - insistió Lurgan. - No necesito que se lo digas, sólo espero que puedas apreciarlo. No sé qué fue lo que tú y tu gente se inventaron de dónde estaba cuando dijiste que estaba. Soy un caminante. Paseo por la noche. Es lo que soy. No hay ninguna ley contra la gente que camina por la ciudad, ¿verdad? Si tratara de decirte por dónde y cuándo camino, probablemente tratarías de mandarme a Bellevue. -

- Ya he pasado por eso. - admitió Lucic. - Intento tenerlo en cuenta, pero esto último es demasiado difícil de pasar por alto. Piensa en esto: si los confederados de North descubren que él y sus guardaespaldas fueron perseguidos por alguien, y piensan por un minuto que Jana tuvo algo que ver, ¿qué crees que pasará después? -

- No va a suceder. - dijo Steve con firmeza. - Nunca va a suceder. -

- Mira, podemos ponerlos a ambos bajo protección de testigos. Tenemos muchas opciones. Dime quién tiene el lobo y podemos terminar con esto. Si no han matado a ningún civil, podemos darles una opción para salir de la ciudad. *No* tienes muchas opciones. Vuelve a pasar, y dejo caer una tonelada de peso sobre tu novia. La uso para llegar a ti, y me importa una mierda si le dices lo que he dicho. Pondré mil ojos en ella, y cuando esnife su próxima línea la llevaremos a MCC. Ella no puede manejar Metro, y se hará pedazos por tu culpa. -

- Estás equivocado, Darko. - insistió Steve. - Me quedaré en casa viendo la tele el mes que viene. Puedes meterte los lobos por el culo. Estás desesperados por pistas y no tienes nada. Lo vi en Bosnia, cuando no tienen nada inventan algo. No te voy a dar nada. Pones tus ratas en mi puerta, no te doy una mierda. -

- Sí, ¿y cómo van a hacerlo tus chicos? - Darko le gritó él mientras se dirigía al metro. - ¿Vas a convertirte en un lobo? -

Steve se alejó sin decir nada, la seguridad y la protección de Jana Dragona como una preocupación abrumadora golpeando en su cabeza.

CAPÍTULO DOS

La pesadilla comenzó para Steve Lurgan en Kosovo alrededor de 1999. Había estado investigando los rumores en torno a las montañas de Sar, a lo largo de la frontera con Albania, donde se informaba que las tropas del ELK habían llevado a ciudadanos serbios al matadero. Y, lo que es aún más terrible, circulaban rumores de que el ELK tenía laboratorios secretos situados a lo largo de la cordillera, donde los serbios eran masacrados para obtener sus órganos y otras partes del cuerpo.

Steve nació en Queens, Nueva York, pero durante su vida había ido y venido de Irlanda para pasar los veranos con sus abuelos. Desarrolló su afición por los viajes y sus familiares lo habían llevado por el Continente a lo largo de los años. Para cuando se graduó en periodismo en la Universidad de Dublín, ya había visto casi todas las ciudades importantes de Europa Occidental. Tenía el anhelo de ver el resto del continente, y aceptó un trabajo como fotógrafo para realizar su sueño. No fue hasta que estalló la guerra en Serbia, en los años 90, que descubrió que podía ganar más dinero vendiendo sus fotos al mejor postor que atándose a una editorial. Decidió trabajar por cuenta propia, y eso le dio más libertad que nunca.

La Guerra de Serbia parecía reflejar los problemas de Irlanda del Norte multiplicados por mucho. Las tensiones raciales y religiosas habían estado presentes en la región durante siglos, desde la dinastía de los turcos otomanos, enfriándose esporádicamente para volver a hervir nuevamente. Los cristianos habían luchado por encontrar su lugar por todas las regiones montañosas de la península balcánica, y mientras ellos crecían gracias al apoyo de los compañeros cristianos de Europa occidental, los musulmanes se encontraban en el extremo inferior de la escala económica. Los antiguos ilirios dieron paso a los eslavos del siglo VI, seguidos por los albaneses en el siglo VIII y los búlgaros en el siglo IX. Los serbios tomaron el control de Kosovo hasta que los expulsaron los otomanos en 1389, y los turcos gobernaron la zona hasta 1913, cuando Serbia la volvió a ocupar.

En 1918, Kosovo pasó a formar parte de la Federación Yugoslava, y la región fue sacudida por los vientos de guerra hasta nuestros días. Steve pasó toda la década de los 90 en Serbia y se enamoró de la tierra y su gente. Fue durante la época de la revolución Grunge en Estados Unidos, y se deleitó llevando la nueva onda a los adolescentes serbios. Nirvana, Pearl Jam y REM estaban entre sus favoritos, y a Steve le encantaba el hecho de que las tropas del ejército serbio estuvieran dándole caña en sus camiones blindados mientras patrullaban el pintoresco campo.

El primer recuerdo de Steve sobre los rumores comenzó en un restaurante serbio de Kosovo, donde estaba almorzando con Gunter Schenck, de Reuters, y Karen Jones, de Associated Press. Vieron a cuatro chinos de rostro sombrío, vestidos de negro, que pavoneándose como gánsteres, mirando torvamente a los demás clientes antes de dirigirse a la barra y pedir bebidas.

- Esos tipos son malas noticias, Steve. - le advirtió Gunter. - Son la clase de tipos que quieres olvidar que has visto. Algo así como los señores de la droga en Colombia, los reyes de la tierra. -

- Sí, pero estamos en Kosovo. - Steve los siguió mirando hasta que hicieron contacto visual, entonces sonrió y volvió a mirar a Gunter y Karen. - Muy lejos de China. -

- El problema es que están negociando en el mercado negro con el Ejército de Liberación de Kosovo. - explicó Gunter. - ¿Has oído hablar de los chinos que extraen órganos del cuerpo para operaciones de trasplante? Pues bien, estos tipos son traficantes de piezas de recambio, si entiendes lo que quiero decir. -

- ¡Tienes que estar bromeando! - Exclamó Steve. - ¿Quieres decir que estás sentado aquí contándome esto y no estás tratando de conseguir un Pulitzer con eso? Diablos, he estado aquí casi diez años y no he oído nada al respecto. -

- Eso es porque me gusta cubrir noticias en Kosovo, comer comida exótica, beber buen vino, almorzar con hermosas periodistas, y vivir y respirar más que nada. - Gunter le guiñó a Karen. - Seguir a los psicópatas en las montañas de Sar sería tan suicida como perseguir a los traficantes de drogas en el Amazonas. Incluso los mejores sabemos hasta dónde llegar. -

Esto no es el Amazonas, Gunter. - dijo Steve dando un sorbo a su *raki*. - Hay mucha gente viviendo en esas montañas cuyos antepasados han vivido allí durante siglos. Una cosa que he aprendido de Europa es que, básicamente, la gente común es igual en todas partes. Son buenas personas a las que no les importa ayudar a los viajeros. No creo que nos duela ir en coche y echar un vistazo. Si tienen algún motivo para estar asustados o ser reservados, entonces ahí tienes una historia que abre las puertas para que más gente pregunte. -

- Sabes, tiene razón. - coincidió Karen, una encantadora

morocha de ojos azules. - Es repugnante pensar que alguien se aproveche de una zona de guerra así. Las Naciones Unidas tienen gente por todo el país, y deberían saber si hay algo así que hay que investigar. Creo que deberíamos ir y echar un vistazo. Tienen la mayoría de los puntos de entrada a Bosnia bloqueados ahora mismo, de todas formas estamos sentados calentando asientos. -

- No se puede discutir con una mujer hermosa, todo el mundo lo sabe. - se rió Gunter, un rubio y robusto alemán de Hannover, mientras daba un mordisco a su *sudzuk*. - Muy bien, entonces terminemos aquí y hagamos el recorrido panorámico. Sólo recuerda, si vemos algo que se parezca remotamente a tropas armadas, nos vamos de allí más rápido de lo que puedes decir donante de órganos. -

Terminaron de comer y decidieron subir a Gusinje, en la frontera con Montenegro. Era un pueblito rústico al pie de las Montañas Malditas, y no recibía muchos turistas o forasteros debido a su ubicación remota. Vieron a un pastor que cuidaba un rebaño de cabras no muy lejos de los límites de la ciudad, junto a un manantial, y se detuvieron para charlar. El hombre hablaba serbio, al igual que los tres extranjeros.

- Es mejor que limiten su visita a la ciudad. - les aconsejó el anciano. - Por algo llaman a esa cordillera el Prokletije. La tradición dice que fue creada por el diablo mismo. Allí no hay más que glaciares y laberintos de piedra caliza, además de lobos y otros animales peligrosos. Si te pierdes y no encuentras el camino al anochecer, es posible que nunca regreses. Hay un lobo demoníaco en esas montañas que ha desarrollado un gusto por la sangre humana. Sólo sale por la noche cuando sabe que no puede ser capturado. Incluso los rebeldes le temen. -

- Así que sabes que el Ejército de Liberación de Kosovo está en esas montañas. - presionó Gunter. - ¿Has oído rumores de que toman rehenes y los mantienen cautivos allí arriba? -

- No tendría sentido. - respondió el anciano. - ¿Por qué alguien llevaría rehenes a una zona en la que ni siquiera podrían defenderse? -

Los periodistas se despidieron del anciano y se pusieron en marcha en dirección a Gusinje antes de que Gunter se desviara hacia una empinada carretera de montaña.

- Muy bien, chicos. - decidió Gunter, - creo que estamos a punto de dar el gran golpe. Si podemos encontrar rastros del ELK aquí arriba, podemos relacionar la superstición local con los rumores del mercado negro de órganos y conseguir un gancho de interés humano suficiente para poner nuestros nombres en este mapa. Digo que conduzcamos y echemos un vistazo. Si vemos algo que indique remotamente que una unidad militar ha estado por aquí, Steve toma una foto y yo y Karen haremos el resto".

Subieron la colina y se encontraron en una cresta que dominaba un valle cubierto de copas, al que sólo se podía acceder por un sendero rocoso que serpenteaba por un barranco cubierto de piedra caliza. El agua que corría de los glaciares hacía que los riachuelos plateados se extendieran por el sendero. Gunter detuvo su jeep, preocupado por saber a dónde podría llevar este camino sin señalizar.

- No sé, tal vez deberíamos salir y echar un vistazo. - decidió.

Aparcó el camión y comenzaron a deambular por el sendero de piedra caliza. Sin saberlo, el anciano era un vigía de los rebeldes del ELK, cuya base se encontraba en la zona. Llamó por teléfono a los guerrilleros en cuanto los reporteros se marcharon, y se alertó de su presencia por toda la zona. Cuando los tres periodistas llegaron a la mitad del barranco, se encontraron rodeados de fusileros que aparecieron por los salientes de las rocas de todos los lados.

- ¡Manos arriba! Están rodeados. - gritó un hombre con

acento albanés.

- ¡Somos periodistas, no disparen! - Gritó Gunter mientras hacían lo que les decían. - Hemos venido desde Kosovo. Estábamos investigando los rumores de un lobo gigante en la zona. -

- Creemos que han venido aquí por algo totalmente diferente. - dijo el líder, con su AK-47 apuntando hacia ellos. - Quizás podamos ayudarles a encontrar lo que buscan. -

- Dejé las llaves en el jeep. - murmuró Gunter a los demás. - Si nos escapamos, uno de nosotros puede volver a la ciudad y llamar a la policía. Las unidades del ejército serbio del general Mladic están estacionadas en las afueras de Kosovo. Si se enteran de que estos tipos están aquí, vendrán con todo lo que tienen. -

- ¡No podemos! - Insistió Steve. - ¡Si empiezan a disparar podrían darle a Karen! -

- ¡Bien, Karen, tú te quedas aquí y nosotros corremos por ayuda! - Gunter estaba listo y preparado.

- ¡Ni loca! - siseó ella. - ¡No me van a dejar aquí para que me corten en pedazos para un mercado de órganos! -

- ¡Corre! - Exclamó Gunter.

Se dieron la vuelta y emprendieron una loca carrera de regreso a la colina, y ambos se vieron sorprendidos y aterrorizados por el sonido de los disparos automáticos a sus espaldas. Steve sintió un dolor punzante en el tríceps izquierdo, seguido de un impacto ardiente contra el hombro derecho, antes de que una sacudida en el muslo derecho le hiciera caer al suelo rocoso. Aturdido, miró a su alrededor y vio a Karen a su izquierda y a Gunter a su derecha. Estaban tumbados boca abajo y no se movían.

- El del medio todavía se mueve. - dijo el líder en albanés. - Tráelo con nosotros. Ve a buscar su vehículo y mete a los otros dos dentro, condúcelo de vuelta a la base. -

El dolor ya era intenso y Steve gritó involuntariamente cuando lo agarraron por debajo de cada brazo y empezaron a arrastrarlo. Cojeó lo mejor que pudo mientras una docena de ellos convergían en el sendero de piedra caliza que había delante, y fue arrastrado al centro del grupo mientras se adentraban en el barranco.

- Los periodistas que envían a este país son tan imprudentes como estúpidos. - proclamó el líder a sus compañeros. - Hemos colocado a gente con instrucciones para disuadir a estos tontos de no precipitarse a su perdición, ¡pero insisten en ir al lugar exacto donde se les dice que no vayan! Ni siquiera las leyendas de los demonios pueden disuadirlos de ir a su muerte. ¡Todo lo que podemos hacer es utilizar sus cámaras para tomar fotos que nunca revelarán, y enviarlas a los editores que nunca volverán a saber de estos pobres tontos! -

La mente de Steve iba a toda velocidad mientras pensaba en cómo escapar de esta trampa y enviar un mensaje a las fuerzas del general Mladic cerca de Kosovo. Sabía que estaba herido, pero sentía que al menos podría volver a Gusinje si lograba escapar. Sabía que una vez que lo llevaran a su base, todo habría terminado. Los abatieron a los tres sin siquiera intentar atraparlos. Sin duda, también iban a asesinar a Steve, y había una clara posibilidad de que lo llevaran a algún lugar para cortarle los órganos vitales para venderlos a los gánsteres chinos de Kosovo. Las cosas parecían no tener futuro a medida que se acercaban a la caverna que tenían delante.

Se sentía mareado por la pérdida de sangre y no parecía que fuera a poder avanzar mucho más. Estaba a punto de hablar cuando pudo oír los gritos a su alrededor. Pensó que le estaban abucheando, pero se dio cuenta de que se oían chasquidos y chasquidos de ramas de árboles que se rompían a los lados del barranco. Los dos hombres que lo arrastraban lo soltaron para que cayera al suelo, y se cubrió la cabeza como pudo mientras se producía un tiroteo a su alrededor. Oyó a los hombres que gritaban y morían, pero pareció terminar tan repentinamente como había empezado cuando los atacantes pasaron entre las rocas.

- Este está bastante herido. - dijo uno de los fusileros a los demás después de hacer rodar a Steve. - Estaba sangrando antes de que llegáramos. -

- Hay un par de cuerpos en el jeep que interceptamos. - escuchó otra voz que llamaba en serbio desde el otro lado de la colina. - También hay un equipo de cámaras. -

- Comprueba sus bolsillos. - el líder bajó desde la colina que daba al barranco. - Debe ser un reportero que vino aquí con los otros dos. -

El fusilero que estaba cerca de Steve rebuscó en sus bolsillos y le entregó la billetera al líder. El hombre ojeó indiferentemente su contenido antes de acercarse.

- Soy el capitán Evilenko. - se presentó mientras sentaban a Steve. - Me han asignado la tarea de perseguir a la compañía del ELK que protege esta zona. Sospechábamos que habían reclutado a los agricultores y pastores locales como vigías. Por eso habían podido evitarnos todo este tiempo. Cuando estos hombres no se presenten, la unidad principal sabrá que fueron interceptados. Tendremos que acampar aquí y esperar a que se muevan contra nosotros. -

- Ven. - se acercó un sargento. - Te ayudaremos a curar las heridas y te daremos comida y agua. -

- ¿Qué... qué pasa con mis amigos? -

- Somos una unidad de campo, no podemos abandonar este sector. - respondió Evilenko siendo brusco. - Desgraciadamente, tendremos que enterrar a tus amigos aquí para que los animales salvajes no lleguen a ellos. Si enviáramos hombres de vuelta a la aldea, serían denunciados al enemigo al igual que ustedes. -

Steve observó cómo los soldados empezaban a sacarse las

mochilas y a colocarlas alrededor del barranco mientras otros arrastraban a los hombres muertos del ELK hacia la caverna. Los fusileros subieron a la colina y se pusieron en posiciones de francotirador con vistas a la zona de bosque más allá del campo en el que estaban montando el campamento. Un soldado se acercó y le cortó las mangas de la camisa con una bayoneta, luego le cortó el pantalón antes de inyectarle morfina. Steve no tardó en entrar en La La Land cuando el médico empezó a sacarle balas del cuerpo, y finalmente cayó inconsciente.

Se despertó con un frío intenso al caer la noche en la ladera de la montaña. Vio una serie de pequeñas hogueras cubiertas por ponchos colgados de las ramas de los árboles para disminuir la visibilidad desde la distancia. Tenía los brazos y la pierna entumecidos por un dolor punzante y tenía mucha hambre. Los soldados que estaban cerca le vieron moverse y avisaron rápidamente al capitán Evilenko.

- Es bueno ver que has recuperado la conciencia. - sonrió Evilenko. - Hemos estado discutiendo tu situación y hemos ideado una manera para que puedas ayudarnos. -

- ¿Cómo puedo llegar a ayudar? - Se preguntó Steve mientras agradecía a uno de los soldados una taza de café caliente y un tazón de guiso.

- Creemos que los rebeldes todavía tienen otro vigía al otro lado de la caverna que lleva al valle donde creemos que han instalado sus depósitos subterráneos. - explicó Evilenko. - Estábamos bastante seguros de que tú y tus amigos habían venido aquí a investigar los rumores de que los guerrilleros traían aquí a los cautivos para matarlos por sus órganos y partes del cuerpo. Por eso es que también nos han enviado aquí. Estarán en guardia por una unidad militar, pero sospecharán mucho menos de un hombre solo. Te escoltaremos a una zona designada donde esperamos que estén patrullando, y una vez que se muevan contra ti los destruiremos. -

Steve cogió con resignación una pistola que le dieron y se dirigió de nuevo hacia la caverna donde habían arrastrado los cuerpos de los soldados del ELK hacía unas horas. Se acercaba la medianoche y la única luz provenía de la luna llena que brillaba intensamente en lo alto al reflejarse en la piedra caliza a lo largo del barranco. Al entrar en la caverna pudo ver que las paredes también estaban cubiertas de piedra caliza, y el moho la hacía parecer incandescente cuando vio los cuerpos de los muertos apilados a ambos lados. Casi como una ocurrencia tardía, abrió el cilindro del revólver que le habían dado y vio que estaba cargado con balas de plata.

Cojeó más de un cuarto de milla con su pierna mala y tuvo ganas de rendirse. Había visto cómo asesinaban a dos de sus mejores amigos hacía apenas unas horas y él mismo había recibido un disparo. El café y el tazón de estofado no le habían hecho mucho efecto, y todavía estaba débil por la pérdida de sangre. Sus heridas volvían a arder y sentía cada uno de los miembros heridos como si los hubieran pisoteado. Avanzó arrastrando los pies por el sendero de piedra caliza, sin saber ni preocuparse por si se cruzaba con el ELK o quedaba atrapado en un fuego cruzado entre las unidades enfrentadas.

En seguida oyó un rugido sordo, casi como el de un león en un circo. Se detuvo en seco, mirando hacia adelante en la oscuridad nebulosa del sendero sombreado por los árboles. Sabía que tenía suficientes balas para matar a un animal salvaje, pero sería una menos con la que defenderse del ELK, como si un revólver fuera a ser suficiente para defenderse de los rifles automáticos. Se arrastró suavemente hacia delante, esperando que los serbios le vigilaran lo suficiente como para intervenir en caso de que se viera sorprendido por una bestia salvaje.

De repente vio lo que parecía ser un lobo gigante saliendo de las sombras delante. Era difícil de decir, pero su cabeza parecía tan alta como los hombros de Steve desde el suelo. Era de un tamaño enorme, posiblemente de unos trescientos kilos de músculos y huesos. Sus ojos eran como ascuas ardientes y sus colmillos como dagas de marfil mientras miraba fijamente a Steve. Se puso en posición de tres puntos, congelado en su sitio con el revólver preparado, apuntando directamente a la monstruosa bestia. Vaciaría la pistola sobre el objetivo cuando éste se encontrara a una distancia de salto, y lo que quedara de él sería con lo que el ELK tendría que conformarse.

El lobo gigante se acercó lentamente, deliberadamente, y luego comenzó a correr de inmediato, atacando y saltando hacia Steve mientras éste comenzaba a accionando el gatillo antes de que el gran impacto lo arrastrara al olvido.

- ¿Sigues con nosotros, hijo? -

Steve abrió los ojos y vio a un soldado sentado a su lado. Estaba en una cama, presumiblemente en un hospital, y se sorprendió un poco de que no salieran tubos de todos los agujeros de su cuerpo. Le sorprendió aún más que todos sus dolores hubieran desaparecido, lo que le hizo pensar que había estado aquí durante mucho tiempo. Vio el casco genérico de la ONU en la cabeza del hombre, reconoció el acento americano y lo que Steve consideraba el parche en el hombro del NWO [1].

- ¿Dónde estoy? ¿Cuánto tiempo llevo aquí? -

- Estás en el Hospital Principal de Pristina. - respondió. - Soy el capitán Jude Ryun, del destacamento del Ejército de los Estados Unidos con las Fuerzas de Mantenimiento de la Paz de la ONU. Recibimos un aviso del ejército serbio de que una unidad del ELK estaba operando en la cordillera de Prokletije cerca de Gusinje. Entramos y te encontramos en medio de un campo de exterminio con dos escuadrones de hombres del ELK. Eras el único sobreviviente, cubierto de sangre, sin un rasguño. Todavía estamos tratando de averiguar qué pasó. -

- Lo último que recuerdo es que estaba caminando por el valle como puntero de una patrulla del ejército serbio. - Steve se sentó en la habitación venida abajo. La pintura estaba agrietada y se caía tanto en las paredes como en los muebles. - Me habían rescatado de una unidad del ELK y me pidieron que me uniera a ellos para dar caza a la fuerza principal. Me encontré con un lobo en el bosque y me atacó. Hice un par de disparos con la pistola que me dieron, y eso es todo lo que recuerdo. -

- Encontramos al lobo. - Ryun sonrió brevemente. - Tenía el pecho lleno de balas de plata. Supongo que se trataba de esas supersticiones en esas montañas. No parece que esos guerrilleros del ELK tuvieran tanta suerte. Sospecho que National Geographic estará en todo esto. Parece que una manada de lobos se apoderó de esa unidad rebelde y la hizo pedazos. Pero lo más grave es que solo encontramos el cadáver al que tú le disparaste. No puedo decir que haya alguien molesto por lo que pasó, pero es algo rarísimo. -

- ¿Encontraron los... cuerpos de mis amigos? -

- Sí, los serbios los entregaron junto con el jeep. Tenemos tu equipo fotográfico abajo, puedes recogerlo cuando te vayas. Enviaremos los cuerpos y las pertenencias de tus amigos de regreso a sus familias. Siento mucho todo eso. -

- Yo también. - dijo Steve en voz baja.

Abandonó el hospital en un estado de confusión, asombrado de que sus heridas de bala hubieran desaparecido por completo. El personal médico le informó que estaba en perfecto estado, aparte de haber sufrido la exposición y el agotamiento. Hizo los preparativos para volar de vuelta a Nueva York, y fue esa misma noche cuando comenzaron las pesadillas.

Soñó con aquella noche en el valle, mientras caminaba por el sendero iluminado por la luna, y lo atacaba el lobo gigante.

Sólo después de que vaciara su arma contra la bestia, ésta le hundía los dientes en el cuello y, de alguna manera, le transfería su espíritu. Oía los gritos y llantos de un número incalculable de víctimas de la bestia reverberando por el bosque, aullando como desaforados mientras se precipitaban a través de las fauces del lobo y en el alma misma de Steve. Steve se liberó y comenzó a arrastrarse, sólo para verse transformado en la forma de la propia bestia. No pudo resistir el impulso de arrancarse la ropa del cuerpo con los dientes, y de repente empezó a aullar descontroladamente, celebrando tanto la libertad de su espíritu como una insaciable necesidad de conquista. Necesitaba salir a la noche y establecer el dominio sobre los lugares oscuros, para reclamar su lugar como señor y dueño del desierto.

Eran sueños asombrosos, de los que uno tiene que despertarse para creer que no han ocurrido realmente. Sin embargo, cuando se despertaba, todo era demasiado inquietante, casi como si se despertara de un desvanecimiento por el alcohol con la terrible constatación de que habían ocurrido cosas que uno no podía recordar. Al cabo de un tiempo se dio cuenta de que ocurrían durante el ciclo de luna llena, y que se desmayaba justo después de que la luna alcanzara su cúspide en el cielo nocturno. Empezó a quedarse en casa y a encerrarse en la habitación en esos momentos, pero las pesadillas seguían repitiéndose y no se atrevía a pedir ayuda a nadie.

Fue después de más de una década cuando conoció a Mirjana Dragana. Fue en ese momento cuando se dio cuenta de que podía aprovechar el poder.

Fue ahí cuando se dio cuenta que podía usar el mal contra el mal.

CAPÍTULO TRES

- ¡Fue tremendamente horrible, Steve! - Jana lloró mientras estaban sentados en el pequeño pero acogedor salón de su apartamento tipo loft, en la calle Prince, justo al final del pasillo del suyo. - Nunca olvidaré lo que vi. Los gritos y los llantos me acompañarán mientras viva. -

- ¿Qué has visto? - se preguntó él. Ella había estado drogada con tranquilizantes desde que regresó del hospital, y a la noche siguiente lo llamó por teléfono y le pidió que fuera a su casa. Vio que había estado llorando y supuso que probablemente se había llenado de sedantes para que la ayudaran a calmar sus nervios por el incidente y por la abstinencia de coca.

- Era un perro, pero mucho más grande. - se limpió los ojos enrojecidos con un pañuelo. - Era incluso más grande que un lobo. Sé que las cosas se confunden y que la mente de las personas les juega malas pasadas en momentos de estrés. Tengo mucha experiencia con eso desde la guerra de Serbia. Pero hay cosas que sé que vi, cosas que no puedo negar. -

- ¿Cómo qué? - preguntó con delicadeza.

- La... la bestia, se levantó sobre las patas traseras como un hombre. - se concentró con fuerza, tratando de recordar todos los detalles. - Derribó la puerta como lo haría un hombre, pero entró en la habitación como un animal, a cuatro patas. Se dirigió directamente hacia Kane, y aunque sus amigos habían sacado sus pistolas y le estaban disparando, las balas parecían no tener efecto. Golpeaban al animal, pero no podían detenerlo. Las balas no pasaban, penetraban pero sin efecto. -

- ¿Todos los hombres tenían armas? ¿Todos dispararon al lobo? -

- Sí, lo hicieron. La alfombra estaba cubierta de casquillos. - dijo con un suave acento serbio. - Deben haber habido más de sesenta disparos en un santiamén. Sin embargo, el animal saltó sobre Kane y le arrancó la garganta de un solo mordisco. Era como una trampa para animales de acero, no parecía real, nada de eso. Se giró y saltó sobre el siguiente hombre, y luego sobre el siguiente. Sucedió tan rápido que nadie tuvo tiempo de reaccionar. Has visto lo rápido que reaccionan los animales en la naturaleza; así fue en esa habitación. La bestia pasó de una persona a otra como si estuviera arrancando carne de los ganchos en una carnicería. No había forma de luchar contra ella, era fuerte como un oso. -

- ¿A dónde fue? - Preguntó Steve. - ¿Sabía que estabas en la habitación? -

- Salió corriendo por la puerta. No había forma de que mirara para ver a dónde iba, estaba congelada de terror. Recuerdo que me miró directamente, y puedo asegurar que era como mirar a los ojos del Diablo. Eran como los ojos de una serpiente, sólo que brillaban de color rojo como si estuvieran en llamas. También tenía colmillos como los de una serpiente, sólo que eran como cuchillas, y goteaban la sangre de los hombres que había matado. Sus mandíbulas, su pecho, sus garras y sus patas estaban cubiertos de sangre. Me miró a los ojos casi como si me conociera. Fue el momento más largo y aterrador de mi vida. Me miró fijamente, como si intentara comunicarse conmigo, y de repente se giró y salió corriendo por la puerta, y desapareció. -

- ¿Qué preguntas hizo la policía? ¿Te dieron alguna idea de lo que estaban buscando? Todos los periódicos decían que había señales de que un perro de ataque se había soltado en la habitación. -

- Eso es casi una broma, una broma terrible. - sacudió la cabeza. - Un solo perro no podría haber hecho algo así. Además, los perros tendrían que haber sido a prueba de balas. Eso fue lo peor de todo. Actuaron como si yo estuviera mintiendo o hubiera estado histérica todo el tiempo. Había un tipo, un detective, que era serbio y trataba de ser condescendiente. Intentaba hablarme en serbio, pero llevaba demasiado tiempo fuera y quedó como un tonto. Terminamos hablando en inglés y me preguntó todo sobre la bestia. Grabó la conversación en su pequeña grabadora y tomó notas en su libreta, y luego se fue. Me sacaron del edificio directamente al hospital, y no me dejaron salir hasta esta mañana. -

- ¿Recuerdas su nombre? -

- Era Darko algo. Estoy segura de que tengo su tarjeta por aquí en alguna parte. -

- Darko. - Steve exhaló suavemente.

- ¿Conoces a este tipo? - preguntó.

- Me lo he encontrado de vez en cuando. - admitió Steve. - ¿Recuerdas que te dije que estuve trabajando independiente cerca de Kosovo durante la guerra? Bueno, tuve bastante contacto con el ELK mientras estuve allí. No sé cuánto has oído hablar de las atrocidades que los musulmanes cometían a lo largo de las Montañas Malditas, cerca de Kosovo Occidental. -

- Viví allí durante la guerra, Steve. - sonrió irónicamente. - Me temo que he visto mucho más de lo que he oído. -

- Se rumoreaba que el ELK llevaba a los cautivos a

laboratorios ocultos en las montañas donde los mataban por partes del cuerpo. - dijo Steve con indecisión. - El ELK extraía sus órganos para trasplantes y se los vendía a los chinos. Había oído hablar de ello y decidí investigar por mi cuenta. Reuní pruebas, pero al final atraje la atención de las unidades del ELK en la zona. Me persiguieron e iban a matarme, pero me rescataron unidades del ejército serbio al mando del coronel Evilenko. -

- Evilenko. - jadeó, con sus preciosos ojos abiertos de par en par debido a la inquietud.

- ¿Has oído hablar de él? -

- Se le conocía como la Bestia de las Montañas Negras, el *Crna Gora*. - se estremeció al recordarlo. - Es muy difícil explicar esto a los de fuera, a la gente que no es de Serbia. Debes recordar que los pueblos de esta región convivieron durante cientos de años, pero siempre hay quien saca a relucir antiguas rivalidades cada vez que se reabre una vieja herida. A principios de siglo, los musulmanes y los albaneses persiguieron a los cristianos ortodoxos de la zona. Algunas de las historias fueron terribles, pero nadie responsabilizaría a los descendientes de los culpables después de tantos años transcurridos. Nadie excepto los fanáticos que apoyaban a Evilenko. Decían que estaban vengando el asesinato de nuestro pueblo, pero quedó claro que su único propósito era robar, matar y destruir. -

- Vi lo que hicieron Evilenko y sus hombres. - dijo Steve con pesar. - Nunca me dejaron tomar fotos de lo que hicieron. Se quedaron con mi equipo desde que me recogieron hasta que me fui. Desgraciadamente, cuando me soltaron, mi cámara fue destruida y no tuve ninguna prueba contra los traficantes de órganos clandestinos para el momento que volví a Estados Unidos. De alguna manera, ese detective Darko consiguió una pista sobre mí, y ha estado trabajando en mi caso desde entonces. -

- ¿No crees que... vino por mí debido a ti? -

- No, creo que se metió contigo porque eres serbia. - respondió Steve. - Ya sabes cómo la policía intenta atrapar a la gente utilizando a otros de su misma clase para conseguir información. Probablemente vean esto como un asesinato por drogas y quieran averiguar si tú sabías algo al respecto. -

- ¿Por qué? ¿Por qué pensarían...? - se asustó.

- Son policías, les pagan por observar a la gente. - le aseguró. - Hubo un asesinato de un perro hace unos meses. Estuvo en todas las noticias, ¿recuerdas? Nunca se les ocurrió nada más, así que están buscando pistas de nuevo. Seguro que han comprobado tu historia y han visto que estabas allí por negocios. ¿Por qué si no una bella actriz como tú iba a estar en el mismo edificio con un baboso como Kane North? -

- Bueno, yo... - logró decir, viéndose pillada con la guardia baja. - Resulta que el Sr. North era uno de los principales inversores del proyecto cinematográfico en el que yo participaba. Cuando se canceló la producción, hice varias averiguaciones y finalmente me pusieron en contacto con el Sr. North. Por supuesto, conocía su reputación, pero también sé que muchos antiguos traficantes de drogas pudieron invertir su dinero en empresas legítimas y han dado un giro a sus vidas y fortunas. Dicen que es muy parecido a los contrabandistas del siglo pasado aquí en Estados Unidos. Sólo intento encontrar mi propio camino, no estoy en posición de juzgar a los demás. -

- No sé si juntaría a Kane North junto a los Kennedy. - Steve logró sonreír. - Sólo me preocuparía que alguien como tú se asociara con gente así. No parece tener el mayor de los respetos por las mujeres. Producía sus propios discos, entre otras cosas, y muchas de sus letras eran casi de naturaleza misógina. Creo que me habría preocupado mucho si hubieras entrado en su círculo. -

- Gracias, Steve. - bajó los ojos antes de mirar los de él con seriedad. - Sé que eres mi amigo y que te preocupas por mí. Sabes, pienso mucho en ti y doy gracias a Dios por tener a alguien como tú viviendo a mi lado en quien puedo confiar. -

- Cuando necesites algo, ya sabes que sólo tienes que pedirlo. - respondió en voz baja. Sabía que se estaba enamorando, pero no se atrevía a buscar una relación con ella. Sentía que ella era demasiado vulnerable emocionalmente, y tenía demasiadas cosas en la cabeza con lo de la dependencia de las drogas como para entrar en una relación en este momento. Además, aún vivía con la *maldición,* y con eso no podría atreverse a visitar a alguien que amara.

Se levantó del sillón en el que estaba sentado frente al sillón doble en el que estaba ella y rodeó la mesa de café con tapa de cristal, mientras ella se ponía de pie para acompañarlo a la puerta. Le tomó las manos mientras ella bajaba la cabeza tímidamente. Sabía que ella esperaba que él la intentara besar, pero le soltó las manos y se dirigió a la puerta.

- Duerme un poco. - le sonrió. - Has tenido muchos problemas los últimos días. -

- Gracias, Steve. - respondió ella sonriendo. - Buenas noches. -

Miró con nostalgia la puerta mucho después de que él se hubiera ido.

Era muy parecido a ser alcohólico, o intolerante al alcohol. Al principio perdía el conocimiento totalmente, pero al final del primer año ya recordaba fragmentos de lo que había sucedido. Al final del quinto año, era como estar muy borracho, sin tener casi ningún control de sus facultades y entrando y saliendo de la conciencia. En los últimos dos años era como conducir borracho, pudiendo controlar de algún modo la situación, aunque a menudo tenía fallos inesperados. Empezó a tomar el Amtrak para ir a los Catskills en Nueva York o a los Poconos en Pensilvania durante el ciclo de luna llena, y alquilar una cabaña en zonas remotas durante ese tiempo.

Soltaba al perro antes de la medianoche, dejando una llave y ropa de repuesto escondidas fuera de la cabaña y cerrando la puerta antes de salir al bosque. Se adentraba cada vez más, hasta donde podía llegar, hasta la zona más apartada donde nadie en su sano juicio se aventuraría en la oscuridad. En los últimos dos años ya podía acordarse del cambio, y se quitaba la ropa para poder encontrarla al día siguiente, y recordar lo sucedido.

La metamorfosis en sí era la parte más dura, como si entrara en un shock de insulina. Caería retorciéndose en convulsiones, experimentando las náuseas más insoportables. Justo antes de no poder soportarlas más, desaparecían. Resurgiría de sus propias cenizas como un ser supremo, increíblemente poderoso, ágil y rápido, aunque su cerebro era como el de un borracho que apenas recordaba haber levantado el vaso de la mesa. Correría como un niño alcanzando la adolescencia, despertándose un día con la capacidad de correr y saltar con músculos que no sabía que tenía. Correría y treparía hasta donde ningún otro ser se atrevía a aventurarse, y cuando llegaba al risco más escarpado, a la cima más alta, aullaba a la luna con triunfal exultación.

Descubrió que podía cazar por la noche, y a menudo bajaba sigilosamente a los campamentos como un indio que cuenta ataques exitosos. Era el juego al que jugaba y nunca perdía, bajando a hurtadillas y tocando un saco de dormir, metiendo la cabeza en una tienda, e incluso robando comida sin que nadie supiera que estaba allí. Los que llevaban perros eran los más fáciles de evitar, ya que su olor los volvería locos cuando se acercaba a menos de cien metros. Cuando no había perros, su propio olfato era como un radar que podía detectar a un humano en ese mismo radio de cien metros.

Su oído era igual de agudo, y le costó mucho tiempo superar la abrumadora sensación de paranoia que le producía saber que estaba completamente rodeado de seres vivos. El discernimiento llegó con el tiempo, y pudo distinguir las criaturas peligrosas de los roedores y la vida silvestre. Pronto aprendió que los osos tenían una actitud de "vive y deja vivir" hacia él, los leones de montaña lo evitaban y otros lobos lo veían como una amenaza mortal. Esto le animó mucho, pero incluso en su estado de embriaguez surrealista, sabía que su vida podía acabar con un hombre con una pistola. En esto, no era diferente de cualquier otra criatura del bosque.

El aspecto más aterrador era el ansia de sangre, y ésta era ·más real que cualquier otra que hubiera conocido. Era como una sed enloquecedora en la agonía de la deshidratación, un hambre abrasadora después de días de ayuno, un picor atormentador que uno se desgarraría la piel para aliviar. A menudo le hacía perder el conocimiento, y cuando se despertaba y se encontraba devorando una pequeña criatura, era como un hombre voraz que se reconcilia con comer la comida que ha caído al suelo. Le aterraba pensar en lo que podría ocurrir si se encontraba en una zona poblada. Sería como un conductor ebrio atrapado en una autopista de cuatro carriles por la noche en hora pico.

En los últimos años, sus momentos de lucidez le habían ayudado a convertir algunos de sus episodios absurdos en experiencias memorables. Pasó del voyeurismo de ver a mujeres bonitas haciendo el amor desde las sombras, a detener violaciones en citas e incluso violaciones en grupo. Ayudaba a los buscadores a encontrar personas perdidas, e incluso rescató a personas ayudándolas a encontrar el camino o los objetos que facilitaban su huida. Fue entonces cuando se dio cuenta de que podía utilizar el fenómeno para el bien, y sólo tenía que ser creativo para canalizar este recurso.

Descubrió que la bestia era invencible cuando se topó con unos pandilleros que asaltaban a una pareja joven unos años atrás, cuando empezó a ser capaz de recordar las cosas como si se tratara de breves videoclips. Llevaban armas automáticas y abrieron fuego contra él cuando salió de los arbustos. Había visto cómo sacaban a la pareja de su coche estacionado, golpeando al joven antes de desnudar a la chica y acostarla desnuda sobre la hierba. Empezó a aullar y a gruñir desde las sombras, deteniendo el ataque antes de aparecer. Abrieron fuego y él rodó asustado, sintiendo cómo las balas le desgarraban la cara y el pecho. Corrió un poco hasta que se dio cuenta de que no había sido herido. Volvió y vio que los pandilleros habían huido, dejando que la pareja se juntara, agradeciendo a Dios que la criatura hubiera llegado y salvado sus vidas.

Un día se dio cuenta de que la bestia bien podría ser una bomba de tiempo que podía ser colocada para detonar en un lugar maligno en el momento previsto. Sabía que si encontraba un lugar de refugio en el corazón de las tinieblas cuando saliera la luna llena, la bestia emergería y no podrían oponerle resistencia. Lo pensó largo y tendido, e investigó mucho antes de tomar una decisión. Sabía que si capturaban o asesinaban a la bestia, su secreto saldría a la luz al amanecer, cuando dejara de estar poseído. En ese momento ya no le importaba si vivía o moría, así que aceptaría lo que le pasara.

Había investigado sobre la posesión demoníaca ni bien volvió de Kosovo a Estados Unidos. Habló con sacerdotes católicos, luego con cristianos evangélicos, hasta con *brujos* de los cultos de santería de magia negra entre los caribeños de

Nueva York. Todos le dijeron que el demonio podía ser exorcizado sólo si creía. Steve, un agnóstico, sabía que no tenía esperanzas porque no creía. Sabía que lo único que podía hacer era vivir con la maldición y sacar lo mejor de ella como pudiera. Llevarla a los depredadores y destructores parecía lo más lógico.

Se enteró de la existencia de la banda de la calle 137ᵐᵃ, en East Harlem, una de las más despiadadas del país. Controlaban el comercio de crack en la zona y mantenían a la comunidad bajo el terror, a pesar de los esfuerzos coordinados de la policía de Nueva York para acabar con ellos. Los tiroteos desde automóviles se cobraban la vida de víctimas inocentes, y el asesinato de una niña de seis años llevó a Steve a actuar.

Se vistió como un vagabundo, tras recoger algunos trapos del Ejército de Salvación el día antes a que comenzara el ciclo de la luna llena. Tomó una gorra, un canguro, unos vaqueros desteñidos y unas botas de combate, sabiendo que la bestia se las arrancaría a su debido tiempo. Sabía que la bestia podría encontrar un lugar de refugio, y con suerte sería un lugar en el que literalmente podría estar protegido al amanecer. Esperó hasta el atardecer, mientras tomaba un tren hacia East Harlem y buscaba un lugar donde esconderse cerca de las casas de crack. Había un callejón empapado de orina y lleno de basura en el que encontró cubos de basura tras los que sentarse. Cerró los ojos y entró en un estado de meditación adormilado hasta que finalmente se desmayó.

A la mañana siguiente se encontró debajo del puente de Manhattan, cerca de un campamento de vagabundos que había quedado desierto para cuando salió el sol. Pudo agarrar un par de calcetines, una camisa y unos pantalones de una de las docenas de bultos dejados por los indigentes que acampaban allí. Volvió corriendo al Soho con los pies doloridos, dándose cuenta por primera vez de lo que era un hombre en las calles de Nueva York sin un céntimo.

Los medios de comunicación anunciaron lo que había hecho en una cobertura relámpago del evento. Se rumoreaba que una banda de narcotraficantes rival había atacado a los de la calle 137° durante la noche, destrozándolos en un atentado despiadado en el que se utilizaron lo que parecían ser hachas, cuchillos y machetes. El episodio fue tan rápido que los testigos que se encontraban fuera del edificio afirmaron que toda la lucha no duró más de un par de minutos. La alcaldía y la policía de Nueva York condenaron la ferocidad del ataque y aseguraron a la población que la violencia de las bandas en el este de Harlem pronto llegaría a su fin.

Poco después, Mirjana Dragona se instaló en el loft y él se enamoró inmediatamente, aunque sabía que se trataba de la Bella y la Bestia. Nunca podría dejar entrar a nadie en su vida sabiendo que la bestia se interpondría para siempre entre ellos. Sin embargo, se acercó a Jana tanto como se atrevió, y mientras permanecía impotente viendo cómo su vida se sumía en el caos, juró que nunca toleraría que nadie abusara de ella ni la lastimara. Cuando la conexión entre el crack y ella fue demasiado fuerte y empezaron a aparecer en su puerta para propasarse, llegó la noche en que él y su banda tuvieron que responder. Fue esa noche cuando Darko Lucic hizo la conexión y empezó a mirar a Steve Lurgan.

Ahora se enfrentaba a la posibilidad de desaparecer de la vista del detective Lucic y, al hacerlo, abandonar a la amiga a la que había jurado no abandonar nunca. Sabía que eso nunca ocurriría, y sólo esperaba, por el bien de Lucic, que él, como tantos otros antes que él, no se viera en la tesitura de mirar fijamente a los ojos del monstruo del Abismo.

CAPÍTULO CUATRO

El capitán Bojan Evilenko había sido el líder de la Compañía Z, una unidad de paracaidistas secreta creada por orden directa del presidente Radovan Karadzic. Era una unidad contra los rebeldes destinada a exterminar a todos los grupos terroristas que operaban en las montañas de Sar, cerca de Kosovo. Vivieron algunos de los combates más brutales de la guerra, ya que los militantes habían estado tomando rehenes para cobrar el rescate. Cuando los rescatadores se acercaban, utilizaban a los rehenes como escudos humanos para huir hacia el interior de las montañas. La mayor preocupación de los serbios eran los rumores de que los albaneses estaban diseccionando a los rehenes en laboratorios ocultos, extrayendo sus órganos y partes del cuerpo para venderlos a los chinos.

Evilenko había oído los rumores sobre el hombre lobo de las Montañas Malditas, y había visto las pruebas de sus depredaciones, ya que dejaba cadáveres como ningún otro. Las tropas perdidas ya estaban siendo asesinadas por animales salvajes, pero las que se encontraban con el hombre lobo eran literalmente despedazadas. Las marcas de los mordiscos parecían como cortes causados por trampas para osos, que él sabía que habrían sido imposibles de usar de esa manera.

Siguió una corazonada repentina y envió al periodista estadounidense con una pistola cargada de balas de plata en aquella noche de luna llena hace tanto tiempo. Él y sus amigos no eran nada fuera de lo común. Eran jóvenes insensatos que salían a sabotear las leyendas y supersticiones del país, y la mayoría de las veces se encontraban con bestias salvajes cuyo salvajismo hacían perdurar los cuentos de las mujeres. Sólo el hombre lobo era algo que ni siquiera los militares podían refutar, y utilizar al estadounidense en otro experimento acabó dando sus frutos.

Cuando se encontró con la bestia demoníaca y fue poseído por su espíritu, corrió a ciegas a través del bosque y se dirigió directamente a la fortaleza enemiga que no estaba lejos de Gusinje. Los hizo pedazos y se dirigió directamente al bosque, dando a Evilenko la oportunidad de llamar a las Fuerzas de Paz de la ONU e informar del incidente. Las tropas del Nuevo Orden Mundial limpiaron lo que quedaba del pelotón del ELK, y a la mañana siguiente rescataron a Lurgan en el bosque.

Evilenko siguió la información recién adquirida y no sólo localizó la base rebelde, sino también el laboratorio oculto en una cueva de la montaña. Adquirió todo el equipo médico e informático, así como órganos vitales y partes del cuerpo cuidadosamente conservadas y preparadas para su envío. Se puso en contacto con los chinos y les informó que ahora tenía el control, y que los negocios podían continuar como de costumbre siempre y cuando los pagos se hicieran todos a Evilenko a través de una cuenta bancaria suiza. Los chinos no tuvieron más remedio e hicieron los arreglos necesarios para acomodarse a su nuevo socio comercial.

Evilenko y sus hombres capturaron a los científicos locos que realizaban las vivisecciones y les dieron un ultimátum para que trabajaran para los serbios bajo pena de una muerte espantosa. Todos aceptaron de inmediato, ya que habían sido coaccionados para trabajar para los albaneses mucho más allá de los términos del acuerdo inicial. El capitán ordenó entonces a sus hombres que siguieran operando de la misma manera que los albaneses. Traerían a sus cautivos aquí y los entregarían a los científicos para que les extrajeran los órganos antes de ejecutarlos. No pasó mucho tiempo para que la máquina asesina estuviera funcionando a su máxima capacidad otra vez.

Una vez finalizada la guerra, Evilenko se vio obligado a iniciar planes de evacuación, ya que tanto el presidente Karadzic como el general Mladic habían sido detenidos por el NOM y acusados de crímenes contra la humanidad. Llegó a un acuerdo con los chinos para que a él y a sus hombres, junto con los científicos, se los sacara del país y se les proporcionara documentación falsa que les permitiera emigrar a Estados Unidos. El gobierno chino, confabulado con la organización criminal de Tong, facilitó el traslado gracias a los esfuerzos del Ministerio de Seguridad del Estado[1]. Toda la operación se trasladó de las Montañas de Sar a Catskills, en el norte del estado de Nueva York, bajo la apariencia de una empresa china de programación y desarrollo informático.

El problema inmediato al que se enfrentaban Evilenko y sus hombres era la escasez de donantes tras abandonar la zona de guerra. Su solución fue aprovechar la situación de las personas sin hogar en la ciudad de Nueva York, ofreciéndoles pasarlos a programas de investigación a cambio de alojamiento y comida. Algunas de las víctimas de la estafa eran adolescentes fugados, y cuando se sospechó que habían sido asesinados, Homicidios de la policía de Nueva York y Darko Lucic entraron en escena.

Los Tong tenían chinos étnicos trabajando en el Departamento, y pudieron acceder a los archivos de casos restringidos con la ayuda de algunos de los hackers más competentes del planeta en el MSS. Lograron acceder a los archivos de Homicidios y descubrieron que Lucic estaba asignado al caso de personas desaparecidas. Había descubierto que varios de los adolescentes desaparecidos habían sido enterrados en las montañas Catskill, y que algunos de sus órganos vitales habían sido extirpados quirúrgicamente. Las pruebas se añadieron a una recopilación en un expediente cada vez más amplio sobre la organización china Tong, que estaba siendo investigada por INTERPOL por tráfico de órganos. Lucic, consciente de que el ELK había sido un recurso importante para los Tong en Kosovo, empezó a centrar su búsqueda en esa dirección.

Cuando los mercenarios serbios se enteraron de que Lucic estaba mirando a Lurgan, informaron inmediatamente a Evilenko. El capitán estaba dotado de una memoria fotográfica, recordando a Lurgan y las circunstancias que rodearon su encuentro hacía más de diez años. - Está aquí. - dijo Evilenko mirando fijamente al cielo estrellado. - El destino ha proclamado que nos reuniríamos después de sobrevivir a la brutal lucha y al infierno de Kosovo. Lo traeremos aquí y lo introduciremos en el Círculo Sagrado. Se convertirá en un Caballero Blanco del Imperio Serbio, trayendo honor y gloria a nuestra raza y a nuestra nación hasta el final de los tiempos. -

Al salir de Serbia, Evilenko y sus hombres se unieron a un movimiento clandestino que había jurado proteger y defender a su pueblo contra los enemigos, especialmente los musulmanes que seguían fomentando la revolución en todo el país. El capitán conservó su rango en el grupo militante y se comprometió a enviar el diez por ciento de los ingresos de la operación a los Caballeros a cambio de asilo en caso de que se vieran obligados a huir de América. Evilenko consideraba que tenía todas las bases cubiertas, y se esforzaría por incorporar a

Lurgan como especialista de campo. Después de lo que Evilenko presenció en las Montañas Malditas, sabía que no había nada que la policía de Nueva York pudiera hacer frente a él.

Darko Lucic sabía que no iba a sacarle nada a Steve Lurgan a menos que tuviera pruebas contundentes que sostener contra su garganta. Aunque Lurgan era periodista, había estado en situaciones de combate durante casi una década y no se iba a doblegar ante la presión. Sabía que Jana Dragana era su eslabón débil, pero no quería tomar ese camino todavía. Detestaba a los policías que operaban de esa manera. Siempre le pareció que era la salida del policía perezoso. Si un buen detective tenía acorralado a un sospechoso como para haber encontrado ese eslabón débil, sólo hacía falta un poco de presión extra y esforzarse más para que aparecieran más grietas.

Homicidios estaba trabajando en una operación encubierta sobre una banda de la mafia rusa sospechosa de tráfico de órganos con el Tong chino en el Bajo Manhattan. Al parecer, los rusos secuestraban polizones en el puerto de Nueva York y los enviaban a laboratorios clandestinos para la extracción de órganos. Lucic tenía la corazonada de que los serbios probablemente colaborarían con los rusos de la mejor manera posible. Ninguno de los dos bandos podía permitirse el lujo de acabar con gente haciendo cola frente a sus laboratorios para ser procesada. Estaban a pocos pasos de tener a los federales involucrados en una investigación de asesinato en serie. Lucic y sus superiores no dudaban de que los chinos harían lo que fuera necesario para quemar el puente que había detrás.

Lucic y su socio, Benny Tracker, habían estado investigando a un matón serbio de bajo nivel que trabajaba en los muelles cercanos a Chinatown como corredor de apuestas y prestamista. Ilija Ljubica había servido en el ejército a las órdenes de Ratko Mladic y huyó para evitar la investigación de la ONU sobre presuntos criminales de guerra. Emigró a Estados Unidos e inmediatamente se puso en contacto con otros veteranos que habían encontrado trabajo en la mafia rusa. Había ascendido en el escalafón gracias a su destreza física y a su crueldad a la hora de tratar con los morosos. Los rusos aún no le habían ofrecido ser miembro de pleno derecho, pero se sentían cómodos con que moviera grandes cantidades de dinero para ellos.

Tracker era un puertorriqueño de ascendencia apache que había servido como marine en Irak y no tenía problemas para moverse por las calles de Nueva York. Estacionó el Ford Contour junto a la acera por donde Ljubica caminaba por la calle, e Ilija estaba a punto de echarse a correr antes de que Lucic mostrara su placa desde la ventanilla del pasajero.

- Sube, vamos a dar un pequeño paseo y a charlar. - dijo Lucic en serbio.

- Mentira. - se tensó Ljubica para escapar.

- Mira, podemos hacer esto aquí o en la estación, da lo mismo. - espetó Lucic en inglés callejero. Ljubica se encogió de hombros y subió al asiento trasero del coche.

- ¿Has visto a este chico por aquí? - El rastreador le entregó a Ljubica un papel satinado de 8 "x 1 1".

- No. Nunca. - Se lo devolvió enseguida.

- Mira, no me devuelvas una mierda. - agarró Lucic y se lo volvió a lanzar al regazo de Ljubica. - Tal vez no lo hayas visto, pero sé que lo estás buscando. Puede identificar a Evilenko, y probablemente a sus mejores hombres de Kosovo. Estuvo en la cordillera de Prokletije, cerca de Gusinje, con el capitán y sus hombres en 1999, al final de la guerra. Lo tengo en el punto de mira por esos asesinatos de perros en East Harlem, y habla como un loro drogado. Se está preparando para conectar los puntos entre tu gente y los chinos Tong y ese taller de carrocería que tienen en los Catskills. -

- Vaya, espera un segundo. - dijo Ljubica con incredulidad.
- Estás tratando de ponerme muy lejos de casa. Acepto apuestas
y presto dinero de vez en cuando, pero no tienes nada que me
relacione con un taller de chapa y pintura o como sea que lo
llames. -

- Veamos qué más tengo. - Lucic se dio la vuelta y apoyó la
barbilla en sus manos sobre el respaldo. - Tengo a tu hombre
principal, Mikhail Fetisov, acusado de lavado de dinero y
evasión de impuestos con esa falsa empresa de exportación que
creó en Montreal. Tengo a cinco de sus mejores hombres
cayendo con él, y cuando empiece a negociar por tiempo libre,
te apuesto a que te entregarán con gusto para conseguir un par
de años menos en su sentencia. Eso pone tu culo en un barco de
vuelta a casa, donde te envían a La Haya acusado de crímenes
de guerra. -

- Realmente no creo que sea tan fácil. - negó Ljubica con la
cabeza sonriendo.

- Quizás no, pero ahora mismo eres la mejor pista que tengo
y yo el único amigo que tienes. Lurgan está controlando a
algunas personas peligrosas, y necesito saber cómo puedo
sacarlo de la calle. Tienes que decirme por qué Evilenko está
buscando a Lurgan. -

- No están buscando al hombre que controla a la bestia.
Buscan a la propia bestia. -

- ¿Así que creen que la bestia es un hombre? ¿Qué tan
estúpido crees que soy? -

- No importa lo que creas. Cualquiera que viviera cerca de
las Montañas Malditas, cerca de los Laberintos del Infierno,
sabía de la bestia que venía del abismo. Tomó las almas de los
hombres durante cientos de años hasta que un día un hombre
llegó y destruyó a la bestia. Fue poseído por el demonio y se
llevó el espíritu de la bestia a una tierra extranjera. Evilenko ha
encontrado la bestia y ahora desea controlar su poder. -

- ¿De qué habla este tipo? - Tracker se volvió hacia Lucic. - ¿Qué está fumando? -

- Vale, esto va en serio. - Lucic volvió a hablar en serbio. - Estás tratando de decirme que Evilenko realmente cree que Lurgan es un hombre lobo. -

- Vivimos en una época en la que las fuerzas aéreas de todo el mundo avistan ovnis, en la que los asesinos en serie beben la sangre de sus víctimas y la gente reconstruye a otros con partes del cuerpo de los muertos. - se burló Ljubica. - Todas las supersticiones del pasado se están demostrando como hechos en este siglo. ¿Por qué es tan difícil pensar que un hombre con un trastorno de la personalidad no puede manifestar las cualidades de un animal salvaje? No hace falta ser muy imaginativo para pensar que un hombre así puede ser utilizado en organizaciones especializadas. -

- Primero hablas de bestias y abismos, y ahora de trastornos de la personalidad. Necesito saber qué dice Evilenko. -

- Nunca he conocido a Evilenko, sólo sé lo que su gente quiere que se sepa. Sabe que Lurgan está viviendo en algún lugar de Manhattan y desea hablar con él. Cree en el poder de la bestia. No sé si cree que hay un monstruo vivo. -

- Bueno, el Capitán ciertamente les ha dado una línea de mierda. - Lucic volvió al inglés para el beneficio de Tracker. - Mira, aquí tienes mi tarjeta. Llámame si te enteras que Evilenko contacta a Lurgan, o viceversa. Hazme ese favor y te avisaré cuando estén preparados para soltar el martillo sobre Fetisov. -

- ¿Vas a ser capaz de sacarme del apuro? - preguntó mientras salía del coche.

- No, pero te avisaremos cuando sea el momento de salir de la ciudad. - le aseguró Lucic antes de que se pusieran en marcha.

- ¿Y entonces de qué se trataba todo esto? - Se preguntaba

Tracker mientras volvían a la Plaza de la Policía, cerca del Ayuntamiento.

- Un montón de mierda del viejo continente. - exhaló Lucic con tensión. - Tienen una mano en el teclado y la otra en el crucifijo. Ya te hablé de toda esa mierda supersticiosa en la que se metió Lurgan cerca de Kosovo. Hasta el día de hoy, la gente cerca de Gusinje habla del americano que fue a las montañas y mató al hombre lobo. Apuesto a que Evilenko está tratando de utilizar esas supersticiones para su beneficio aquí. -

- ¿Quién se creería esa mierda? - Benny sonrió.

- Prácticamente todos los inmigrantes que se cuelan en este país, además de más de unos cuantos que llevan tiempo aquí. Todos los países tienen sus supersticiones sobre la posesión de demonios. Además, tienes un *brujo*, o un *miali*[2], o incluso un sacerdote católico en cada cuadra listo para respaldarla. Evilenko va a utilizar a Lurgan para imponer su código de silencio, a menos que lleguemos a Lurgan primero y le hagamos ver las cosas a nuestra manera. -

- ¿Llegar a Lurgan? ¿No tienes su dirección? -

- Se esfumó en algún momento de la semana pasada. - dijo Lucic mirando por la ventanilla el horizonte de Manhattan mientras llegaban a la autopista. - Nadie sabe dónde está, ni siquiera la vecina que le gusta. Tiene el contrato de alquiler pagado para todo el año, así que vuelve cuando tiene ganas. No puedo vigilarlo por una corazonada. Lo único que puedo esperar es que si yo no puedo encontrarlo, Evilenko tampoco pueda. -

Steve Lurgan se enteró de que había un par de serbios preguntando por él, e inmediatamente llamó a Jana y le dijo que estaría fuera de la ciudad durante un par de semanas para estudiar una oferta de trabajo en la Costa Oeste. Steve le dijo que había ganado bastante dinero en Serbia durante la guerra y que seguía viviendo de los derechos de autor que le pagaban por las fotos exclusivas que hacía. Sus ahorros e inversiones se habían agotado con el tiempo, y en algún momento tendría que volver a trabajar para renovar su contrato de alquiler. No sabía si Jana traicionaría su confianza y sacaría a relucir sus trapos sucios ante extraños, pero desde luego cubriría su rastro si lo hacía.

Alquiló una habitación en una pensión de mala muerte de Bowery, una de las pocas que aún existen, y llevó el tipo de mochila que llevaba durante sus viajes por carretera a través de Serbia. Decidió pasar desapercibido en su propio loft durante unos días para averiguar quién lo buscaba y por qué razón. No le debía a nadie de sus días en Kosovo y no esperaba que nadie viniera a buscarlo. Lo único que podía imaginar era a los cazarrecompensas buscando a alguno de los hombres que ahora figuraban como criminales de guerra. No tenía nada que decirles, pero quería estar preparado por si alguien venía a insistirle.

Faltaban un par de semanas para la luna llena, y era un plazo igual de serio que el de un hombre que espera la fecha de su ejecución. No había forma de evitarlo, ni de intoxicarse, sedarse, atarse o encerrarse. Nunca olvidara cuando se encadenó con eslabones de un producto de titanio, sólo para encontrarlo roto al regresar al día siguiente al lugar donde se había encerrado. Necesitaba llevar a la bestia lo más lejos posible de la civilización para que no hiciera lo mismo que cuando se enfrentó a los traficantes de drogas unas semanas atrás. Era algo que estaba muy lejos de poder controlar.

Consideró la idea de que la maldita cosa podía ser indestructible. Si no fuera por el monstruo que traía consigo, sería una verdadera bendición para alguien con una discapacidad o una enfermedad incurable. Se dio cuenta de que muchos de sus males y defectos genéticos habían desaparecido con el tiempo, y muchas de sus cualidades físicas habían mejorado en la última década. Tenía un par de caries que habían desaparecido, cicatrices de su infancia que se habían esfumado, y otras pequeñas cosas como no tener nunca dolores de cabeza, resfriados o gripe. Si hubiera alguna forma de aprovechar esta cosa, posiblemente podría curar el cáncer. Se habría entregado hace mucho tiempo, pero lo más probable es que lo encerraran para el resto de sus días, igual que a un hombrecillo verde de un platillo volador que aterriza en Nuevo México.

Lo que realmente le asustaba era la idea de que si alguien se enteraba de la maldición, podría utilizar el conocimiento del ciclo de luna llena en su beneficio. Si querían llegar a Jana por la razón que fuera y sabían que él estaba en pausa durante el ciclo, no habría nada que pudiera hacer al respecto. Había programado su ataque a los narcotraficantes calculando regresar del norte el último día del ciclo. Después pasó noches sin dormir preguntándose qué habría pasado si hubiera calculado mal en algún momento.

Cayó en un estado de ánimo melancólico al reflexionar sobre el hecho de que, en efecto, era como un perro callejero que había sido expulsado de su casa a la calle. Sólo podía escabullirse en la calle Prince y quedarse lejos para ver a los vecinos entrar y salir de su edificio. Observaba con inquietud a los desconocidos que pasaban, preocupado por si alguno de ellos era de los que lo buscaban. Tenía la esperanza de que no pusieran a Jana en su contra con ofertas de dinero o drogas. Sería una traición con la que no podría vivir.

Toda su vida se había puesto muy confusa tras abandonar Serbia. Se dio cuenta de esto ahora más que nunca, como si el caos de la guerra fuera como una mancha en su alma que nunca desaparecería. No era sólo la bestia, como si eso no fuera más que suficiente, sino todas las implicaciones, como su soledad y su incapacidad para compartir su carga o discutir su situación con alguien. Había sufrido tanto como cualquier soldado que hubiera luchado en la guerra, y estaba pagando un precio más alto de lo que nadie podría imaginar.

Sólo esperaba que la muerte no fuera la única solución para alejar el dolor.

CAPÍTULO CINCO

Si Jana Dragana conociera la agitación interior de Steve Lurgan, se habría preguntado si el demonio que lo atormentaba era mucho peor que el que la acosaba a ella. Habría argumentado que, al menos, su demonio sólo lo atormentaba durante el ciclo de luna llena. No lo acosaba todos los días.

Estaba luchando fuertemente para superar su adicción al crack. Había sido una chica voluntariosa desde su juventud, confiada en su belleza natural y en su espíritu para superar los obstáculos de la vida. Crecer en Bosnia la expuso a los conflictos raciales y económicos, aunque su aspecto la ayudó a esquivar la mayoría de las trampas de las que sus amigos solían ser víctimas. Sabía que tenía que salir de Serbia si quería labrarse un futuro, y acabó emigrando a la República Checa, donde aprendió un nuevo idioma y mejoró su inglés. Desde allí se dedicó al modelaje y se dirigió a Inglaterra. Tardó un par de años en ahorrar lo suficiente para cruzar el Atlántico, y la ciudad de Nueva York se convirtió en el reto de su vida.

Al principio estaba en racha, ya que se inscribió en una agencia de modelos y consiguió suficientes trabajos bien pagados como para pagar un año de alquiler en un loft de la calle Prince en Soho. Sólo su ego se interpuso en el camino cuando los aduladores empezaron a dirigirla hacia el carril rápido. Le aseguraron que su belleza la llevaría sin duda a Hollywood, y la invitaron a fiestas exclusivas que le hicieron sentir que estaba alcanzando ese nivel siguiente. Sólo las drogas planeaban doblegar su voluntad, y su falta de discernimiento la llevó a involucrarse con traficantes callejeros que empezaron a conducirla por un callejón sin salida a la dependencia.

La conexión que le proporcionó su agente de Unchained Productions fue un tal Rocco Friddi, que era un traficante de crack de nivel medio que tenía fama de aprovecharse de las adictas que carecían de fondos para mantener su hábito. Fue justo en la época en que se hizo amiga de su vecino de al lado, Steve Lurgan. Steve era un hombre apuesto que decía ser un fotógrafo que vivía de sus ingresos por cubrir la guerra de Serbia. Era muy reservado y a la vez amistoso, y no husmeaba más allá de la información que ella le daba. Rocco y Steve no parecían agradarse, pero se mantuvieron respetuosos el uno con el otro hasta que llegó el día en que Rocco desapareció de su vida.

Llamó a su agente y le preguntó si había tenido noticias de Rocco, y la respuesta fue que lo habían matado pero que nadie sabía qué había pasado. No se atrevió a pedir otra referencia, y las vibraciones que sentía le indicaban que tal petición podría no haber sido bien recibida en ese momento concreto. Empezó a beber mucho para saciar sus ansias, y su agente intuyó lo que estaba pasando cuando no tuvo noticias de ella. Se puso en contacto con Kane North, le puso al corriente de su página web y le dijo que era un bombón. Mató dos pájaros de un tiro al poner en contacto a Jana con North, pero ahora Kane estaba muerto y Jana volvía a sufrir el síndrome de abstinencia del crack. Su agente se preguntaba si debía abandonarla como a un proyecto sin futuro.

Jana se sentía desesperada ahora que su traficante había muerto, su productor también se había ido y su amigo Steve había abandonado la ciudad. La idea de conseguir un trabajo normal era ridícula, pero se preguntaba si ésta era su única opción. Sólo le quedaban unos pocos cientos de dólares de ahorros, y apenas le servirían para cubrir los gastos del mes. Navegaba por Internet sin parar durante días, pero todas las consultas por correo electrónico eran rechazadas tan rápido como las enviaba.

Aquella tarde oyó que llamaban a la puerta y acabó abriendo al oír el acento serbio que había en el exterior. Ilija Ljubica se presentó como representante de Herzegovina Programming Solutions, una empresa de desarrollo de software de alta tecnología de Catskills, al norte del estado de Nueva York. Le informó de que habían conseguido sus datos a través de una agencia de modelos con la que se había puesto en contacto. HPS buscaba a alguien para cubrir un puesto de secretaria ejecutiva. La candidata ideal sería competente en el trabajo de oficina, así como en el trato directo con los clientes como representante de la empresa. Sus habilidades como modelo serían un atributo importante, y estaban seguros de que sus habilidades administrativas se verían reforzadas con formación y experiencia.

- Es una noticia maravillosa. - dijo mientras le llevaba a Ljubica una taza de café. Estaba muy impresionada por el comportamiento militar del hombre, su aspecto robusto y su forma de expresarse. - Me estaba preocupando mucho por encontrar algo. Por supuesto, mi primer amor es el modelaje, y estoy segura de que sabes que mi agencia está tratando de encontrar un puesto que impulse mi carrera. -

- Mi jefe se anticipó y me autorizó a ofrecer cien mil dólares como salario anual. - respondió Ljubica. - Si acepta la oferta, su primer cheque se depositará electrónicamente en su cuenta bancaria. Le pagaremos mensualmente el primero de mes. También se le proporcionará alojamiento y comida por parte de la empresa. -

- ¿Trabajaré los fines de semana? - se preguntó. - No me gustaría dejar la zona de Manhattan por completo, con este apartamento y todo eso. -

- Creo que el dueño de la Compañía quiere reunirse con usted para ultimar el acuerdo y revisar los detalles minuciosos. Se aloja en el Waldorf, puedo darle su número para que concierte una entrevista. -

Cuando Ljubica se marchó, Jana llamó inmediatamente al número de la tarjeta. Se puso en contacto con una de las secretarias que le tomó los datos y le confirmó la cita para las seis de la tarde. Caminaba por los cielos al ponerse uno de sus trajes de negocios más bonitos y prepararse para la cita. Pensó que, incluso después de los impuestos, podría sacar más de mil dólares a la semana de su cuenta. Sin duda, sería suficiente para mantenerse en pie hasta que llegara su próximo trabajo de modelo o de actriz. No podía esperar a que Steve volviera. Sabía que nunca respondía a su celular, si es que lo llevaba. Esperaba que volviera antes de que ella se dirigiera al norte del estado. Si para entonces no había regresado, le dejaría una carta debajo de la puerta.

Llegó al elegante hotel y el gerente le informó que su grupo la esperaba en el Bull and Bear Steakhouse, en el vestíbulo del complejo. Se apresuró a dirigirse al metre, que la acompañó a una mesa trasera del oscuro restaurante con paneles de madera donde la esperaba su benefactor.

- Buenas noches. - se puso de pie y le estrechó la mano, besándola como era costumbre en el Viejo Continente. - Soy

Zora Vlasic. Soy el director general y presidente ejecutivo de HPS. Por favor, tome asiento. ¿Le apetece algo de beber? -

Vlasic medía 1,90 metros y pesaba unos 95 kilos de músculo fibroso. Su cabellera canosa presentaba entradas, y su bigote y su barbilla estaban perfectamente recortados. Llevaba un traje de diseño de 1.000 dólares meticulosamente confeccionado para que se ajustara a su complexión atlética. Sus ojos azules estaban llenos de energía mientras miraba atentamente a Jana al otro lado de la mesa en el lugar contra la esquina. Jana pidió un té helado, pues hacía tiempo que había aprendido que nunca había que mezclar el alcohol con los negocios. La gente con poder tiende a despreciar a los subordinados que lo hacen, y ella no cometería ese error con este hombre.

- No estoy seguro de cuánto le ha contado el señor Ljubica sobre la empresa. - cruzó las manos sobre la mesa. - Hemos experimentado una rápida expansión después de la guerra, lo que nos ha permitido desarrollar nuestros contactos con otras empresas de la Unión Europea. Afortunadamente, pudimos ampliar nuestra red con empresas de Rusia y China, que nos han ayudado a mejorar considerablemente la calidad de nuestros productos. Ahora somos muy competitivos tanto en Europa como aquí en Estados Unidos, y confiamos en las ventas personales para ayudarnos a ganar terreno frente a los líderes de nuestro sector. -

- Parece muy emocionante. Estoy deseando contribuir como pueda. -

- Esperamos que los posibles clientes hagan visitas personales a nuestra sede para ver de qué va la empresa. - reveló Vlasic. - Necesitaríamos una joven agradable acostumbrada a interactuar con los clientes y a causar una impresión favorable. Estoy seguro de que lo harás muy bien. -

Vlasic le informó que le enviaría por correo electrónico la

solicitud y los formularios fiscales para que los devolviera, y que alguien de la sede central de Catskill se pondría en contacto con ella mañana. Le darían todos los detalles sobre los preparativos del viaje y el alojamiento para que pudiera empezar a trabajar el lunes. También tendría los fines de semana libres, a menos que un evento requiriera su asistencia, en cuyo caso su salario se ajustaría en consecuencia.

Jana le dio las gracias profusamente antes de marcharse, y Vlasic se quedó trabajando en la portátil y en una carpeta que había traído. Permaneció solo durante un rato antes de que se le uniera un recién llegado.

- La he visto salir hace unos minutos, Capitán. - dijo Ilija Ljubica tomando asiento en el lugar donde Jana había estado hace un rato. - Supongo que todo salió según el plan. Parecía muy entusiasmada. -

- Debo decir que sí. - respondió Bojan Evilenko en serbio. - Estoy bastante seguro de que cuando Lurgan salga de su escondite y descubra que ella se ha ido a las Catskills, encontrará alguna forma de seguirla hasta allí para asegurarse de que le va bien. Una vez que llegue, lo interceptaremos y lo traeremos a nuestro cuartel general donde le haremos nuestra propuesta. -

- Mi única preocupación es ese maldito policía, Lucic. - Ljubica frunció el ceño. - El cabrón entrometido me pilló anoche en la calle en Chinatown. Está tras la pista de Lurgan, e intenta relacionar esos asesinatos de perros con él. Si estás tratando de traer a Lurgan con los Caballeros, tal vez sea mejor que lo saques de la Ciudad y lo alejes de Lucic. Los policías así son como el alquitrán caliente. Una vez que se te echan encima son casi imposibles de quitar. -

- En este negocio he aprendido que todo el mundo es útil. - sonrió Evilenko. - Hasta los enanos albaneses tienen piezas reutilizables. -

Los dos hombres compartieron una risa cómplice.

Steve Lurgan estaba a unos ocho kilómetros de donde Jana se había despedido de Bojan Evilenko. Había pasado por el loft de la calle Prince y vio que Jana había dejado encendida su pequeña lámpara en el living de su apartamento en el segundo piso, lo que significaba que probablemente había salido. No tenía ni idea de que Darko Lucic lo había seguido hasta que el Contour azul noche se detuvo en la acera a su lado.

- Parece que te has perdido. - llamó Lucic desde la ventanilla del copiloto. - ¿Te llevo? -

- No, estoy bien. - Steve le hizo señas para que se alejara.

- Sube. -

Steve se subió a regañadientes al asiento trasero y Benny Tracker emprendió un tranquilo viaje hacia el Pueblo.

- ¿Cómo está esa novia tuya? - ¿Sabes algo de ella últimamente? -

- No, no la he visto. No es mi novia, ya te lo dije. -

- Solo un deseo, ¿eh? ¿Por qué no te animas? Es una bonita noche. -

- Bueno, era genial hasta que llegaste tú. - gruñó Steve.

- Oye, Benny, detente. ¿Por qué no nos traes un café a todos? -

- Sí, mi señor. ¿Puedo masajearte el culo cuando vuelva? -

- Vete de aquí. - espetó Lucic mientras Tracker aparcaba el coche y se dirigía a una charcutería cercana.

- ¿No tienes ningún traficante o chulo al que puedas molestar? - Steve estaba exasperado.

"No, les he estado tocando las pelotas a los prestamistas los últimos días. - replicó Lucic. - Un tipo llamado Ilija Ljubica. Sargento de la Primera Infantería a las órdenes del General Mladic. ¿Has oído hablar de él? -

- Así que, ¿crees que he pasado mi tiempo libre allí memorizando nombres, rangos y números de serie? -

- Este tipo podría interesarte. Creo que puede estar tirándose a esa chica en la que tienes puestos los ojos. -

- Sabes, estás lleno de mierda, Lucic. Si no me llevas al centro, me voy de aquí. -

- Bien, escucha esto. Ljubica es un oportunista de la mafia rusa, pero sigue conectado con Bojan Evilenko del Viejo Continente. Fue a ver a Jana, y nos quedamos con él y lo seguimos hasta el Waldorf un par de horas después. Resultó que se presentó allí una media hora después que Ljubica. Benny entró y echó un vistazo, y ella estaba sentada en un espacio privado del Bull and Bear con Evilenko. -

- Bastardos. - los ojos de Steve se empañaron mientras se apartaba de Darko, mirando por la ventana sin ver.

- ¿Por qué simplemente no te olvidas de ella, Lurgan? No eres un hombre estúpido y no eres ingenuo. Has recorrido el mundo. Ella está perdida, no puedes salvarla de sí misma. Sal del éter y aléjate de esto, míralo desde fuera por una vez. La gente ha perdido la vida por su culpa. No me importa si se lo merecían o no, igual murieron antes de tener la oportunidad de hacer el bien. Nadie... nadie... tiene derecho a quitarle la vida a un hombre hasta que tenga esa última oportunidad de resarcirse. Si Jana está causando que la gente muera, tienes que alejarte de ella. -

- La amo, Darko. Sé lo que es ella. La amo. No puedo dejar de amarla. -

- Así que vas a dejar que Evilenko la use en tu contra. Vas a dejar que te manipule para que le permitas acercarse a esa conexión de amo de las bestias que tienes. -

- No voy a dejar que le pase nada a Jana. - Steve estaba decidido.

- De acuerdo. - replicó Darko. - Si vas a hacerte a un lado y dejar que Jana haga la conexión con el amo de las bestias, entonces yo iré tras Evilenko. -

- No puedes enfrentarte a Evilenko. - le advirtió Steve. - No puedes ganar. -

- No me das opción, Steve. -

- Has estado metiendo las narices en mis asuntos, así que vamos a probar el zapato en el otro pie. Todo lo que tienes sobre Evilenko son rumores y habladurías. No hay testigos de nada de lo que hizo en Serbia, todos están muertos. No hay acusaciones ni órdenes de arresto contra él. Si está aquí con esa cantidad de dinero en el bolsillo, lo está recibiendo de un gran colaborador, muy probablemente los chinos o los rusos. Mira, ¿por qué crees que me mudé del Soho para alquilar una habitación en Skid Row? Sabía que estos tipos querían hablar conmigo, y estoy tratando de pasar desapercibido hasta averiguar por qué. Te agradezco que me hayas avisado de lo de Jana, pero esto es entre quien me busca y yo. Si es Evilenko, entonces me reuniré con él bajo mis propios términos y plazos. No tienes nada que hacer aquí. Si empiezas a entrometerte, la única que saldrá herida es Jana. -

-Creo que eres un tipo bastante bueno que se ha metido en un mal asunto- admitió Steve-- Si recuerdas, nuestra última conversación fue sobre situarte cerca de esos dos asesinatos de perros. Tú mismo no estás precisamente fuera de la mira. Ahora tengo a Evilenko buscándote, y no tiene muy buena pinta desde mi punto de vista. -

- ¿Qué vas a hacer, Darko? ¿Seguir acosándome, siguiendo a Jana, y sacar tu honda e ir a por Evilenko? - Steve se empezó a irritar. - Si yo estuviera en tu lugar, estaría tratando de averiguar por qué mataron a esos traficantes en lugar de buscar la manera de incluir a algunos entrenadores de perros en tu acusación. Te diré que va a parecer bastante estúpido cuando tengas un par de Doberman Pinschers sentados en el estrado de los testigos. Parecerá algo sacado del *Juicio de Lassie,* si me lo preguntas. -

- Voy a observar a Evilenko. - le advirtió Lucic al salir del coche. - Si tú y Jana están en el camino los estaré mirando a los dos también. -

- Oye, es el dinero de los contribuyentes. - Steve cerró la puerta tras de sí.

- Oye, ¿no quieres tu café?. - Le gritó Tracker tras él, sosteniendo la gran bolsa de café y rosquillas mientras volvía al vehículo.

- Dáselos a él. - le dijo Steve, cruzando la calle. - Probablemente estará despierto toda la noche. -

Tanto Steve como Darko sabían que volverían a verse muy pronto.

CAPÍTULO SEIS

Darko Lucic tenía la sensación de tener ante sí la mayoría de las piezas del rompecabezas, pero le costaba hacerlas encajar para entender el panorama general.

Sintió como si la matanza de los perros fuera sólo la punta del iceberg aquí. Sabía que no tenía nada contra Lurgan. No había ningún jurado que mirara con malos ojos a un hombre que, como indicaba claramente, puede que no haya tenido un perro en su vida. Era todo el asunto de los serbios lo que le estaba molestando. El hecho de que Steve conociera a Jana, que de repente se relacionaba con Evilenko a través de Ljubica, tenía un olor extraño. Sabía que Evilenko era el director general de HPS, que era una de las principales empresas de la zona en la que fueron asesinados los niños fugados de Catskills. La policía de Catskill había emitido una alerta roja en toda la zona y se había reunido con los propietarios de los negocios locales para solicitar ayuda en la investigación. Cuando vio el nombre de Evilenko en los informes, fue una señal de alarma que le hizo pensar en Jana y Steve.

Era obvio que quien había disecado a esos niños tenía una

instalación médica oculta en algún lugar de la zona de Nueva York. No tendría sentido que hubieran secuestrado a los niños en Manhattan, los hubieran abierto fuera del Estado y luego hubieran abandonado los cuerpos en el norte del estado de Nueva York. Era una posibilidad remota que podría haber sido diseñada para despistar a las autoridades, pero Darko no se lo creía. Era demasiado para un equipo que iba a desaparecer por mil años si los atrapaban con las manos en la masa.

El mercado negro de órganos parecía ser una ola del futuro, sobre todo en los países del Tercer Mundo donde la vida era barata y las economías estaban en condiciones desastrosas. Había informes de personas de Delhi, en la India, que habían sido secuestradas, drogadas y a las que se les habían extraído los riñones antes de arrojarlas a la calle. Una red de mercado negro en Sudáfrica había estado reclutando donantes en las calles de Brasil, donde se pagaba a la gente diez mil dólares por órganos que se vendían en Johannesburgo por 100.000 dólares. También hubo un caso relacionado con Biomedical Tissue Services en Nueva York, que compraba órganos a embalsamadores locales que las familias de los fallecidos no conocían. Era un buen negocio y, con el aumento de la investigación sobre trasplantes, no parecía que la demanda fuera a disminuir pronto.

Su investigación indicó que había habido una operación similar cerca de las Montañas de Sar, en Kosovo, durante la guerra de Serbia. Al parecer, los rebeldes albaneses habían sido los autores de la operación, y se rumoreaba que cientos de rehenes tomados durante los combates habían sido asesinados para obtener sus órganos hasta que la guerra terminó. Se rumoreaba que los chinos eran el principal mercado de la operación, pero una vez terminada la guerra no se encontró ningún rastro de dicha red, por lo que nunca se investigó.

Sabía que el apodo de Evilenko en Serbia era la Bestia de

las Montañas Negras, pero eso estaba lejos de las Montañas Malditas, que podría haber sido más apropiado. Obtuvo ese apodo por aniquilar a los rebeldes albaneses de la región y no tomar prisioneros en combate. Hubo rumores de que ordenó la masacre de varias aldeas de la zona, pero nunca hubo supervivientes, y los ataques se atribuyeron a grupos militantes que vengaban asesinatos perpetrados por musulmanes contra cristianos serbios.

La supuesta implicación de Evilenko con los Caballeros Blancos serbios también era interesante. Eran un grupo supremacista dedicado al mantenimiento preventivo de la raza y la nación serbias, su sociedad y su cultura. Si Evilenko contribuía al grupo, probablemente tenían un lugar seguro para que aterrizara si alguna vez tenía que huir de Estados Unidos. También es probable que aprobaran lo que fuera que estuviera haciendo si ponían dinero en su mesa. Esto no cambiaría la naturaleza de Evilenko, pero le daría una ventaja adicional para ganarse la devoción de sus seguidores.

Ahí fue donde empezó a encajar el interés por Steve Lurgan. Si Steve había presenciado los asesinatos de perros y sabía quién los había soltado, entonces Evilenko estaba en una posición excelente para establecer contacto y ofrecer un trato con los asesinos. Sería menos probable que alguien ofreciera información que condujera a la detención de los secuestradores si pensaban que alguien iba a poner perros asesinos en su trasero por hacerlo. Darko empezaba a dudar de que Steve tuviera algo que ver, pero eso no significaba que Evilenko pensara lo mismo.

El asesinato era un asesinato, y la policía de Nueva York perseguiría a cualquiera que acabara con una vida humana. Desde el punto de vista de Darko, raptar a los niños de la calle sólo porque se habían escapado de casa o porque no podían encontrar un lugar donde quedarse era tan malo como raptarlos del campus. En la Academia siempre les habían enseñado que todos los seres humanos eran queridos por alguien y, por tanto, necesitaban ser salvados. Cuando pensaba en las familias que habían soportado el dolor de descubrir que sus hijos habían sido llevados al norte del estado y cortados para obtener sus órganos, se ponía muy mal.

Se dio cuenta de que su única conexión con Evilenko era Ljubica. No quería ejercer una presión indebida sobre él porque podría irse fácilmente a la deriva, sobre todo teniendo en cuenta las acusaciones pendientes sobre sus conexiones con la mafia. Sin embargo, era bien sabido que Ljubica ganaba bien, y no se iría y dejaría que sus clientes fueran burlados por un corredor de apuestas o un prestamista rival a menos que no tuviera otra opción. Tendría que entregar a Ljubica de alguna manera, y el truco consistiría en poner algo extra en el gancho, además de avisar con antelación que los rusos estaban a punto de freírse.

Lucic y Tracker se dirigieron a Chinatown y se enfrentaron a Ljubica, quien dijo que tenía cierta información a cambio de inmunidad en cualquier proceso contra la mafia rusa. Les dijo que se reuniría con ellos en un punto de encuentro a medianoche para que sus socios no lo vieran con la policía. Lucic aceptó de buen grado, comprendiendo que ésta podría ser por fin la gran oportunidad que le ayudaría a resolver este caso y a conseguir un buen trabajo de oficina lejos del hedor de las calles.

Jana Dragana había vuelto a su apartamento para hacer las maletas y escribió una carta a Steve Lurgan a último momento. Estaba preocupada por su bienestar y esperaba que las cosas le fueran bien en California. Empezó a darse cuenta de que realmente le importaba, y se había sentido físicamente atraída por él desde el momento en que se conocieron. Después de conocerlo, descubrió que era un hombre sensible e inteligente, del tipo que siempre había deseado conocer y relacionarse algún día. Él le dijo que tenía una profesión bien remunerada, y ella no lo dudaba teniendo en cuenta el tipo de alquiler que pagaban, y el hecho de que no había trabajado con regularidad desde que lo conoció. Sabía que salía de vez en cuando a hacer encargos, y parecía ser el tipo de horario de trabajo que resultaba lucrativo y cómodo.

Tenía su imagen de futuro armada y se imaginaba en la portada de revistas internacionales algún día, pero no se oponía a que alguien especial en su vida la esperara al final del arco iris. Había evitado entablar una relación en Europa, porque sabía que el instinto machista transformaría a la mayoría de los tipos en trogloditas que se tiran de los pelos cuando se les presenta la idea de abandonar el país en busca de fama y fortuna. Cuando llegó a Estados Unidos, se dio cuenta de que sería más bien un proceso de manipulación en el que el macho dominante iría a sus espaldas y cortaría sus conexiones para obligarla a la docilidad. Steve, según ella, no era ese tipo de hombre.

Metió la carta en un sobre por debajo de su puerta y se sobresaltó cuando Steve abrió la puerta bruscamente. Ella lo miró a la defensiva antes de compartir una carcajada mientras él le daba la mano y la ayudaba a ponerse de pie.

- Bueno, hola, forastero. ¿Cuándo has llegado? -

- Hace un rato. - contestó él, haciéndose a un lado e indicándole que pasara. - Estoy yendo y viniendo. Tengo un encargo en la frontera canadiense. Voy a volar a las cataratas del Niágara y luego a Vancouver. Me gustaría que me acompañaras si tienes tiempo. -

- Vaya, es muy amable de tu parte, Steve. - dijo tímidamente, sorprendida por el ofrecimiento. - Estaba haciendo las maletas, por eso dejé esa nota. He conseguido un trabajo en una empresa de investigación de software en Catskill. Voy a trabajar allí durante la semana y volveré a casa los fines de semana. -

Él se ofreció a preparar café y ella aceptó agradecida, tomando asiento en el sofá mientras él iba a la cocina. Escuchó en silencio mientras ella le contaba todo sobre sus infructuosas búsquedas de trabajo en Internet, y cómo recibió una llamada de la nada por una recomendación que la llevó a Zora Vlasic.

- ¿Has hecho alguna investigación sobre la empresa? - se preguntó. - Ya sabes, para asegurarte de que la empresa es solvente y de que van a poder pagarte. -

- Bueno, todavía no. - admitió ella en voz baja. Por su voz, él se dio cuenta de que estaba a la defensiva, y eso no era lo que él quería.

- Es que no quiero que vayas hasta allí y te decepciones. - dijo, tras cargar la cafetera y pulsar el botón para verter el agua hirviendo. - Sabes, Jana, he sido bastante reservado en los últimos años desde que volví de Serbia. Quizá tenga algo que ver con ese trastorno de estrés postraumático, no lo sé. Sin embargo, no me he acercado a mucha gente, y tú eres realmente uno de los únicos amigos que tengo. Supongo que lo que trato de decir es que me preocupo mucho por ti y no querría verte herida de ninguna manera. -

- Eso... es muy amable por tu parte. - Jana se sintió muy cohibida de repente. - Yo... supongo que no he hecho muchos amigos aquí. Ya sabes, la gente del mundo del espectáculo y de la industria del modelaje es muy superficial, y muchos de ellos pueden ser hipócritas. Claro, aprendes a jugar el juego, pero eso no significa que confíe en muchos de ellos. Yo también me he mantenido al margen, y debo admitir que te considero uno de mis mejores amigos. -

- Me halaga que pienses así de mí, y espero poder seguir

siendo digno de tu confianza y de tu amistad. - dijo con el riesgo de sonar cursi. Tenía muchas más cosas que quería decir pero no se atrevía.

- Quiero que tú también confíes en mí, Steve. - lo miró con seriedad. - Sé que eres una persona muy reservada, casi misteriosa a veces. Sólo quiero que sepas que siempre estoy ahí para ti, si hay algo de lo que quieras hablar, estoy ahí. Has pasado mucho tiempo con mi gente, sabes que no nos tomamos las amistades a la ligera. Y siempre estoy ahí para echar una mano. Si hay algo que pueda hacer dentro de mis posibilidades, estaré dispuesta a ayudar como sea. -

- Pues yo pienso lo mismo, Jana. - respondió mientras les servía el café.

Quería preguntarle a bocajarro sobre su drogodependencia, ofrecerle todo lo que pudiera. Movería cielo e infierno si hubiera una sola cosa que cambiara los resultados. Sobre todo, quería decirle que la amaba.

- ¿Por qué no me dejas que busque a esa gente por ti en Internet? - preguntó con amabilidad. - No me llevaría mucho tiempo, y podrías estar bastante seguro de que no habría ninguna sorpresa por delante. -

- Supongo que sí. - se mostró de mala gana. Sabía que no quería parecer tonta, y probablemente estaba más preocupada por sentirse avergonzada si encontraba algo malo justo antes de que ella se dirigiera a la estación de Amtrak.

Se dirigió a su lugar de trabajo en la antesala al lado de la sala de estar y se conectó, haciendo una búsqueda rápida después de que Jana volviera a su apartamento para recuperar la tarjeta de visita que le habían dado.

- Bueno, su página web parece sólida, y he comprobado algunos nombres y parece que están conectados con bastantes empresas. - concedió finalmente Steve tras una rápida comprobación. - Supongo que no tienes más remedio que ir a echar un vistazo. Ya tienes mi número de celular. Puede que no lo coja aquí en la ciudad, pero si veo tu número este fin de semana en el identificador de llamadas, estaré listo para venir corriendo. -

- De acuerdo, mi querido amigo. - le dio un gran abrazo mientras él la acompañaba a la puerta. - Reza una oración por mí, y te llamaré en cuanto vuelva si no estás aquí. -

La sensación de su cuerpo junto al suyo le produjo una repentina excitación, y el aroma de su pelo le resultó estimulante. Le dio unas suaves palmaditas en la espalda, deseando más que nada tenerla entre sus brazos un poco más.

- Ten cuidado, Jana. - sonrió.

Cerró la puerta suavemente, llevándose un trocito de su corazón con ella.

Lucic y Tracker llegaron al paseo marítimo bajo el puente de Manhattan justo antes de medianoche, donde habían quedado con Ilija Ljubica. Lucic se dio cuenta de que Ljubica no utilizaba un coche para desplazarse y que probablemente dependía de los taxis o de los viajes de sus amigos rusos. Esa noche estaba solo en la calle, cerca de una antigua valla de eslabones que rodeaba un muelle privado en mal estado. Los policías llegaron hasta donde estaba y se bajaron del coche para encontrarse con él en la acera, lejos de una única farola cerca de la esquina de la manzana.

- Qué lugarcito que elegiste para hacer negocios. - se quejó Lucic. - ¿No crees que un coche patrulla estaría aquí en un instante, preguntando qué demonios estamos haciendo aquí? -

- Que yo sepa, sigue siendo un país libre. - replicó Ljubica. - Por supuesto, con este gobierno, cualquier cosa puede ser. -

- No estamos aquí para discutir de política, Ilija. ¿Qué tienes para mí? -

- Fetisov me envió para hacer un trato contigo", reveló Ljubica. - Tiene noticias de que Evilenko está planeando expandir sus operaciones en el área de Manhattan. Tiene grandes inversores con los rusos y los chinos. A Fetisov le preocupa que algunos de los *vors* [1] de Moscú se vuelvan contra él y apoyen a Evilenko. -

- ¿Qué cree que puedo hacer para ayudar? -

- Cree que estás investigando a Evilenko por esos secuestrados cuyos cuerpos fueron encontrados en los Catskills. Tiene pruebas que podrías utilizar. Sólo quiere tu garantía personal de que si te la entregan, vas a hacer lo que puedas para quitarse a los federales de encima. Cree que es un trato justo, dejarlo pasar a cambio de los asesinos de los niños desaparecidos. -

- Debería saber que no tengo la autoridad para hacer ese tipo de trato. - Lucic negó con la cabeza. - Puedo hablar con el capitán Willard, y él puede ver si el jefe Madden lo acepta, pero no puedo garantizarle nada. -

- Su subjefe ha venido a reunirse con ustedes. - señaló Ljubica con la cabeza hacia el edificio abandonado de enfrente. - Su coche viene a recogerlos en quince minutos. Es una oferta que corre solo por esta vez. Si no estás dispuesto a interceder, actuarán sin ti y se enfrentarán a Evilenko ellos mismos. -

- Mierda. - siseó Lucic. No creía que Ljubica fuera a cometer ninguna estupidez. Sabía lo imprevisibles que eran los rusos, y podrían percibir rápidamente la negativa de Lucic como un insulto. Lo importante era que, si algo de esto salía a la luz, sus detractores podrían decir que Lucic dejó pasar una oportunidad para evitar una guerra de bandas dentro de la mafia rusa.

- Justo ahí arriba. - señaló Ljubica el oscuro portal cuya puerta estaba rota o no estaba. - Voy a caminar hasta la Calle Canal y a coger un taxi para que nadie sepa que estuve cerca de aquí. -

Los policías se dirigieron a la puerta y desenfundaron sus

pistolas, listos para disparar a la primera señal de problemas. En el pasillo, que olía a moho, había una escalera que conducía al piso superior. Lucic y Tracker se acercaron de puntillas, subiendo cuidadosamente los escalones con los ojos y los oídos bien abiertos.

Cuando ambos llegaron al rellano, vieron que todo el piso de la vitrina estaba desierto, pues las ventanas de cada lado de la enorme sala estaban rotas desde hacía tiempo. Avanzaron en busca de los rusos y, de repente, unos hombres salieron de detrás de los cuatro grandes pilares que sostenían el techo. Abrieron fuego con pistolas equipadas con silenciador, acribillando a Benny Tracker haciéndolo caer al polvoriento suelo.

- ¡Las manos sobre la cabeza! - dijo el líder de los enmascarados. - ¡Haz un movimiento tonto y morirás con tu amigo! -

- ¡Sube por esa escalera! - gritó un segundo pistolero, señalando una escalera que conducía a una escotilla al tejado. - ¡Hay tipos ahí arriba esperando, si haces alguna estupidez te volarán los sesos! -

Lucic hizo lo que le dijeron paralizado, alejándose de Tracker hacia la escalera. Sabía que estos podrían ser los últimos momentos de su vida, y todo lo que podía hacer era jugar su mano y ver si podía forzar algo para liberarse por un momento en algún sitio. Subió la escalera despacio y con cuidado, esforzándose por no hacer nada que pudiera hacer que abrieran fuego sobre él a continuación.

Como dijeron, había tres hombres en la azotea esperándole. Uno de ellos le agarró por la parte posterior del cuello y le empujó al borde del tejado. Miró hacia abajo y vio que el edificio estaba situado sobre un muelle en una zona de la bahía que desembocaba directamente en el río. El más alto de los enmascarados se acercó y se situó justo detrás de Lucic.

- Se terminó, detective. - dijo Bojan Evilenko mientras su secuaz llevaba a Lucic hacia el borde del tejado. - Esta es tu recompensa por tu dedicación, tu valentía, tu tenacidad... y tu inflexible estupidez. -

Lucic oyó el clic del martillo del revólver y se lanzó hacia delante. Oyó al pistolero disparar y sintió que un par de tiros rozantes le quemaban la espalda antes de caer en picado a más de doscientos pies en el East River.

CAPÍTULO SIETE

Los vagabundos que buscaban refugio bajo los puentes y dentro de los almacenes abandonados de la zona avisaron a los vecinos, quienes llamaron a la policía. Encontraron al detective inconsciente en el muelle de carga al amanecer. Lucic fue trasladado de urgencia al hospital Bellevue, mientras se llamaba a los barcos de la policía para que sacaran el cuerpo de Benny Tracker del río. Había dejado una esposa y cinco hijos, y toda la ciudad estaba aturdida por la trágica pérdida.

Lucic le dijo a los agentes de investigación del hospital que había sido Ilija Ljubica quien les había dirigido a él y a Benny hacia el almacén, pero que no quería que detuvieran a Ljubica todavía. Les dijo que no estaba seguro de que Ljubica tuviera algo que ver. Lo más probable es que sólo siguiera órdenes. Les dijo que todos los pistoleros llevaban máscaras y no les dieron ninguna razón por la cual habían atraído a los policías a su perdición.

Las balas habían alcanzado su bíceps izquierdo y su nalga derecha. La que le había causado el mayor daño se alojó en la columna vertebral y habría que operarlo para extraerla. Por el momento, estaba en una zona tal que no querían manipularla, no fuera a ser que un intento fallido le dejara lisiado de por vida. El hospital le proporcionó una silla de ruedas y muletas antes de dejarle salir a la mañana siguiente.

Recibió una llamada de Steve Lurgan, que le esperaba en la entrada de emergencias con un camión de transporte. Steve y uno de los asistentes ayudaron a Darko a sentarse en el asiento del copiloto antes de plegar la silla de ruedas y depositarla en la parte trasera del camión.

- Espero que aún controles las cañerías o vamos a tener problemas. - bromeó Steve mientras se dirigían al apartamento de Lucic en Greenwich Village.

- Nah, todo funciona excepto mi espalda. Me han llenado de hidrocodona. Si me muevo mal, es como si Con Edison me prendiera con un interruptor. Me dan descargas eléctricas desde el pecho hacia abajo. Dicen que van a tener que dejar que mi columna vertebral se asiente alrededor de la bala antes de intentar sacarla. Demasiado pronto, causará más daño. Demasiado tarde y estará ahí para siempre. -

Llegaron a la casa de Lucic y pasaron por la dificultad de cargar a Darko en la silla de ruedas y trasladarlo al edificio de la calle 4 Oeste. Tomaron el ascensor hasta el apartamento del tercer piso, donde Steve lo ayudó a acomodarse en su sillón antes de buscar los ingredientes para una taza de café.

- Bien, esta es mi oferta. - Steve trajo el café y tomó asiento en el sofá de la sala de estar frente a Lucic. - Te daré los adiestradores de perros a cambio de que me ayudes a rescatar a Jana. De alguna manera, Bojan Evilenko se enteró de que estaba aquí en la ciudad y pensó que tenía una pista sobre los recolectores de órganos del mercado negro. Sabía que los había investigado en Kosovo durante la guerra. Hizo una conexión con Jana y la atrajo hasta allí, luego me envió un correo electrónico haciéndome una oferta de trabajo. Estoy seguro de que si no acepto, amenazará a Jana para obligarme a ir con él. -

- Mierda. - Lucic se quedó mirando la alfombra. - No puedo creer esto. Apuesto a que Evilenko tuvo algo que ver con la emboscada que nos hicieron a mí y a Benny. Probablemente quería quitarnos de en medio si sospechaba que te estábamos buscando. Tampoco descarto a Ilija Ljubica. Nos apoyamos en él para obtener información sobre Evilenko. Te diré, sin embargo, que si Evilenko está con la mafia rusa tiene mucho peso detrás de él. Esos tipos se están volviendo igual de fuertes que la Mafia aquí en la ciudad. -

- Lo que necesitamos es una sala de seguridad, una cámara acorazada subterránea o una cámara frigorífica en algún lugar. - sugirió Steve. - Haré un arreglo para que puedas averiguar todo lo que necesites saber sobre los adiestradores de perros. Después de eso, necesito tu promesa seria de que me ayudarás a rescatar a Jana. -

- ¿Habitación segura? ¿Cámara acorazada? -

- Tiene que ser algo que ocurra de inmediato, Darko. El tiempo es un factor importante aquí. No puedo permitirme el lujo de sentarme y esperar a que lo prepares. -

- Bien, relájate. - Darko levantó la mano. - Hay un traficante de drogas en Staten Island al que detuvimos hace una semana más o menos por un cargo RICO. El Gobierno tomó todo lo que había en el lugar y lo cerró. El tipo tenía una cámara acorazada subterránea donde guardaba todas sus cosas: dinero, drogas y armas. Cuando lo atraparon se convirtió en una sala de evidencias. Conozco al personal que vigila el lugar, pueden conseguirme las llaves. -

- De acuerdo. - aceptó Steve en voz baja. - Llámame cuando tengas todo preparado y volveré a eso de las cinco de la tarde. -

- Suena bien. - aceptó Lucic.

Darko pasó la mañana al teléfono y finalmente llamó a

Steve para decirle que todo estaba listo. Un coche patrulla de la policía de Nueva York acudió a última hora de la tarde para dejar las llaves de la mansión, y Steve se presentó media hora después. Realizaron la labor de cargar a Darko en la silla de ruedas y subirlo a la furgoneta afuera, y pronto se dirigieron al centro de la ciudad en dirección al ferry de Staten Island. Darko se dio cuenta de que Steve no dejaba de mirar su reloj y se imaginó que debía de haber concertado una cita con la gente de los perros. Le había dado a Steve la dirección por adelantado, así que sin duda los adiestradores les estarían esperando.

Bajó la ventanilla mientras cruzaban el río hacia la isla, respirando el olor a agua salada mientras el ferry avanzaba a toda velocidad. Sintió una oleada de nostalgia al recordar los días de su infancia, cuando su madre lo traía a hacer turismo. Él estaba en la secundaria cuando huyeron de Serbia, y ella se empeñaba en aprender todo sobre su nueva patria y en llevarlo con ella a sus excursiones. Estaba empeñada en que asimilaran su nueva cultura, pero a él le resultaba imposible dejar atrás Serbia por completo, nunca esa constatación le pareció más cierta que ahora.

Condujeron desde la estación del ferry por las carreteras que se adentran en las zonas residenciales, y encontraron la mansión del traficante rodeada por un muro de dos metros con una puerta principal de hierro forjado. Darko le dio las llaves a Steve, que abrió la cadena con candado para poder pasar la furgoneta antes de cerrar detrás de ellos. A continuación, procedió a bajar a Darko en la silla de ruedas antes de abrir las gruesas puertas de madera de la mansión estucada para permitirles la entrada. Steve trajo consigo una pesada bolsa de lona mientras llevaba a Darko al interior.

- ¿Dónde se supone que nos encontrarán tus chicos, te van a llamar? -

- Bueno, lo primero es lo primero. ¿Dónde está la cámara acorazada? -

Tomaron el ascensor de la mansión hasta el nivel del sótano, y Steve llevó a Darko en silla de ruedas hasta el extremo oeste de la cámara, donde se encontraba la enorme puerta de la cámara acorazada. Era como el interior de un banco, y Darko tuvo que dar a Steve una serie de códigos para abrir el recinto de acero. También había un botón de emergencia rojo en el panel, que podía activarse para abrir la cámara acorazada sin el código en caso de que alguien quedara atrapado dentro por accidente.

- Muy bien. - exhaló Steve con tensión, observando el monitor colocado en una consola cerca de la cámara acorazada que proporcionaba acceso visual a través de una cámara colocada en el interior. Permitía al propietario ver la actividad dentro de la cámara sin tener que abrirla en caso de que alguien consiguiera entrar sin ser detectado. - Esto debería funcionar. Voy a necesitar que grabes todo esto. ¿Sabes cómo funciona esto? -

- He sido policía durante unos veinte años. - replicó Darko. - Mira, creo que será mejor que me cuentes lo que está pasando aquí. ¿Cuándo aparecen tus chicos? -

- Muy bien, voy a ser sincero contigo, y algo de esto va a ser muy difícil de tragar hasta que todo empiece a suceder. - Steve comprobó su reloj de nuevo. - Nadie va a salir, somos sólo tú y yo. -

- Tienes que estar bromeando. - se exasperó Darko.

- En los años noventa, cuando estaba en Kosovo, contraje una enfermedad llamada licantropía. - intentó explicar Steve. - Es una enfermedad extremadamente rara y no se conoce ninguna cura. Estoy bastante seguro de que Evilenko estaba fascinado por sus posibles aplicaciones militares y empezó a seguirme la pista. Me localizó aquí, en Estados Unidos, y ahora intenta coaccionarme para que le ayude con su proyecto de alguna manera enfermiza. -

- ¿Licantropía? - Darko intentó reírse. - ¿Quieres decir como en las películas? -

- Se llama licantropía clínica en términos psiquiátricos. - insistió Steve. - La víctima se imagina transformada en lobo. Durante los episodios, las alucinaciones de muchas personas son tan intensas que se sobrecargan de adrenalina y son capaces de realizar hazañas de fuerza sobrehumana. Estoy seguro de que están familiarizados con los consumidores de PCP que se vuelven locos y rompen las esposas. -

- Así que quieres que grabe esto. - exhaló Darko tenso. - Mira, no me importa intentar ayudarte, y te di mi palabra de ayudar a Jana, pero esto no está funcionando muy bien para mí. Tenía cadáveres en la morgue que fueron destrozados por los perros, o un lobo vivo de verdad, no un tipo imaginando que se convirtió en uno. Espero que no vayas a dejar de respetar nuestro acuerdo. -

- Mira, sólo enciérrame en esa cámara acorazada, enciende el video, y no importa lo que pase, por el amor de Dios, no abras esa puerta. ¿Entendido? - Steve miró frenéticamente su reloj, sabiendo que probablemente el sol se había puesto y la luna llena de fuera sería visible en el cielo nocturno.

- Está bien, pero sólo habrá suficiente aire ahí dentro para que te dure hasta la mañana. - Darko se dirigió hacia donde Steve abrió la bóveda y encendió la iluminación fluorescente.

- Será tiempo más que suficiente. - dijo Steve mientras entraba en la cámara acorazada y cerraba la enorme puerta tras de sí.

Cuando Darko abrió por fin la puerta de la cámara, ya estaba amaneciendo. Había sido la noche más horrible que había vivido, y entre el asesinato de Benny y él puesto en una silla de ruedas, estas últimas setenta y dos horas habían sido como un infierno en la tierra para él. Todavía dudaba de su cordura y se preguntaba si el estrés le había llevado al límite.

- ¡Steve! - llamó a la bóveda. - ¡Steve! -

Lurgan yacía desnudo boca abajo en el suelo de metal, con la ropa y las botas hechas trizas a su alrededor. Darko se asombró de que no sólo Steve no tuviera ni un rasguño, sino que no se viera ni una gota de sangre por ninguna parte. Steve consiguió levantar la cabeza y darse la vuelta, juntando fuerzas para ponerse de pie y salir de la cámara acorazada.

- ¿Lo grabaste? - Steve fue a la bolsa de lona y agarró un juego de ropa de repuesto.

- Sí, lo grabé. - la mente de Darko estaba acelerada.

- Nunca lo he visto. Tenía que verlo yo mismo para saber qué hacer con el resto de mi vida. -

- Los gritos eran lo más terrible. - dijo Darko mientras miraba fijamente la pantalla oscura. - No era el grito de un hombre o una bestia. Era el grito torturado de docenas de almas, tal vez cientos, posiblemente miles. Creo que todavía están atrapadas dentro de la bestia. Creo que están todos dentro de ella, gritando desde el abismo, todos los que ha poseído. Escuché sus gritos toda la noche, y le pido a Dios que no los vuelva a escuchar. -

Steve encendió el interruptor y retrocedió la hora hasta las 18:00 horas, para ver el lugar en el que entró en la cámara acorazada, desde una vista superior en la esquina mientras comenzaba la secuencia.

- Si no eran los gritos, eran los aullidos del animal torturado. - Darko miró aturdido al techo. - He amado a los animales toda mi vida, y la forma en que esa cosa gritaba, Dios mío, era insoportable. Sonaba como si lo estuvieran masacrando. Y cuando no estaba gritando o aullando, estaba rugiendo, como un monstruo del infierno, el mismísimo Diablo. No han hecho una película que pueda hacer ese ruido. Ni siquiera puedo describirlo, era un rugido de odio crudo, de furia, de maldad. No sé cómo diablos algo que podía rugir así no fue capaz de pasar por esa puerta. -

- Mierda. - Steve miraba el monitor con un asombro reverencial. - Santo cielo. -

- Steve, me he gastado todo el frasco de hidrocodona. Debería estar drogado, pero estoy perfectamente despierto. Mi mente vuela como un cohete, pero mi cuerpo se siente como si estuviera atrapado en una avalancha. Tengo que volver a mi casa, o al hospital, a cualquier sitio que no sea éste. -

- Oh, Dios mío. - las lágrimas se derramaron por las mejillas de Steve al ver lo que le había poseído durante casi quince años. - Oh, Dios mío. -

- No sé cómo va a salir esto, Steve. - logró decir Darko. - ¿Cómo vas a llevar esa cosa a cualquier parte? ¿Cómo vas a controlarla? ¿Cómo sabes que no matará a Jana o a mí? Peor aún, ¿cómo vas a poner algo así sobre otro ser humano? -

- Si Evilenko se hace con el control, verás una ola de terror en esta Ciudad como no podrías imaginar, y lo sabes. - murmuró Steve.

Observó el vídeo mientras su cuerpo se convulsionaba, siendo arrojado al suelo por el demonio antes de entrar en violentos espasmos y contorsiones. Se vio a sí mismo acurrucarse en posición fetal y permanecer allí durante un largo rato antes de que, finalmente, la cabeza del lobo se levantara y mirara por encima de su hombro. Comenzó a pavonearse, arrancando y desgarrando la ropa de su cuerpo hasta que finalmente se puso de pie y se sacudió. Entonces comenzó a gruñir y gruñir, olfateando la cámara acorazada de nueve metros antes de darse cuenta de que estaba encerrado. Entonces empezó a aullar y a rugir, golpeando la puerta en vano. Steve lo adelantó una hora, momento en el que empezó a golpearse contra la puerta hasta que su hocico chorreó sangre y espuma.

En ese momento empezó a mordisquear sus propias patas, arrancándose pedazos como si intentara escapar de una trampa. Se royó hasta los huesos hasta que ya no pudo mantenerse en pie, entonces cayó a un lado y se quedó llorando hasta que, de repente, fue a por sus patas traseras. Comenzó a morderse las patas traseras hasta que se tumbó en un charco de su propia sangre. En ese momento, el animal lisiado se tumbó de lado, llorando, gritando y rugiendo en la noche. Steve lo adelantó de nuevo hasta las 06:00 horas, y el animal se había acurrucado en posición fetal y permaneció allí hasta que Darko abrió la cámara. Steve rebobinó y adelantó, y sólo pudo percibir que la sangre de la bestia se había evaporado aparentemente como agua.

- Si lo vas a volver a reproducir, tendrás que apagar el volumen. - murmuró Darko.

- No, ya he visto suficiente. Adelante, bórralo y vámonos. -

Condujeron en silencio de vuelta al ferry, pero cuando el barco comenzó a viajar por el río, Steve se animó de repente por lo que había visto.

- Al principio era como ser intolerante al alcohol. - reveló. - Me desmayaba y no podía recordar nada. Con los años, llegué a recordar fragmentos de cosas, como en un sueño. Esta es la primera vez que lo veo, y ahora tiene más sentido. La maldita cosa es invulnerable. Sé que ha recibido balas antes. Ha sobrevivido al fuego automático. ¿Oíste cómo golpeó la puerta de la cámara acorazada? La puerta de acero resonaba por los golpes. Además, la forma en que sobrevivió después de masticarse a sí mismo. Darko, si hubiera una manera de que pudiera ser utilizado para el bien, piénsalo. Esta maldita cosa podría ayudar a encontrar una cura para el cáncer. -

- No sé qué vas a hacer con esto. - Darko seguía abrumado por la experiencia. - No sé cómo podrá alguien controlar esto. No deberíamos haber borrado la cinta. Nadie en su sano juicio nos creerá. -

- No podía arriesgarme a que te volvieras contra mí, Darko. - reveló Steve. - Muchos tipos me habrían encerrado y llamado a la policía. Me arriesgué mucho al dejarte saber de esto. Mi única esperanza habría sido que la policía te ignorara y me encerrara en observación. Confié en ti porque necesito tu ayuda. Todavía voy a necesitar que me ayudes a rescatar a Jana. -

- Steve, todavía tengo que entender todo esto. - admitió Darko. - ¿Cómo puedo dejar que sueltes esta cosa en Evilenko? Sería cómplice de asesinato, como mínimo. Si esa cosa hizo lo que les hizo a esos traficantes, ¿de qué otra cosa es capaz? -

- Mira, la vida de Jana está en peligro. Si te echas atrás, e incluso si llamas a la policía y adviertes a Evilenko, él simplemente trasladará a Jana a un lugar donde no pueda encontrarla. Incluso si pones una bala en mi cabeza ahora mismo y acabas con esto, harás que Jana muera. Ya ha visto demasiado para que Evilenko se arriesgue a dejarla viva. Acaba de hacer matar a tu compañero, acaba de asesinar a un policía. ¿Crees que hay algo que no hará para llegar a su destino? -

- Tenemos que decirle a alguien más sobre esto. - insistió Darko. - Se ha vuelto demasiado grande para nosotros. Supongamos que me pasa algo, o supongamos que se apodera de ti y se entera del secreto. Supón que hay una forma de analizar tu sangre y encontrar la manera de reproducir esa cosa. Ya no te necesita, puede eliminarte y convertir a su propia gente en monstruos. -

- Mira, esto no es todo, no es tan fácil. Me infecté de otra persona que tenía la enfermedad. Me atacaron y los maté, y la cosa tomó posesión de mí, como una posesión demoníaca. No está en mi sangre, está en mi cabeza. Has visto lo *del Exorcista*, no es sólo superstición, tienen pruebas documentadas de que cosas así ocurren. -

- Así no, Steve. Así no. -

- Muy bien, escucha. Si me ayudas a rescatar a Jana, me iré a algún lugar, fuera del país, y nadie me volverá a ver. Ahora que he visto la maldita cosa, sé que no hay otra manera. La sacaremos como sea, tal vez pueda encontrarla y sacarla sin problemas. Evilenko está dirigiendo un frente legítimo, no sé si querrá hacer un movimiento contra mí a plena luz del día. Si puedo sacarla sin una escena, estaremos bien. No voy a esperar hasta que oscurezca a menos que sea la única manera. -

- ¿Me vas a dejar? - Darko cedió.

- Volveré sobre las dos, deberíamos tardar unas horas en conducir hacia el norte del estado. - respondió. - Voy a intentar conseguir el correo electrónico de Jana o enviarle un mensaje al celular. Le haré saber todo lo que pueda sobre la empresa de Evilenko y espero tenerla lista para cuando lleguemos. -

- De acuerdo, haré una ronda más. - exhaló Darko tenso. - Mataron a mi compañero y me pusieron en una silla de ruedas. Sé que es algo de lo que me puedo arrepentir el resto de mi vida, pero estoy de acuerdo en que hay una chica inocente atrapada en medio de esto. Te advierto, amigo mío, que si algún civil inocente queda involucrado en medio de esto, cojo el celular y llamo al equipo SWAT. -

- No esperaría otra cosa. -

Y así los dos hombres continuaron su cita con el destino.

CAPÍTULO OCHO

Jana había recibido el correo electrónico de Steve justo antes de las 4 de la tarde. Contenía un archivo .zip y le decía que utilizara el software para saber más sobre la empresa y por qué debía hacer planes para marcharse inmediatamente. Abrió el archivo y encontró las instrucciones para acceder a Safecracker ver. 78.9. Lo hizo de mala gana, y un personaje del tipo Mr. Peanut le guiñó el ojo a través de su monóculo, inclinando su sombrero de copa antes de utilizar su bastón como cursor. La guió a través del tutorial y al instante tuvo un icono en su escritorio, en la esquina superior derecha de la pantalla, que sólo aparecía cuando pasaba el cursor por encima.

- Jana, estaré en las instalaciones hasta última hora de la tarde, pero estaré incomunicado. - llegó la voz de Evilenko por el intercomunicador. - Si surge algo, contacta a Ilija a su celular. Él y los hombres estarán presentes para supervisar una gran entrega de equipos esta tarde. Tengo entendido que estarán aquí hasta las nueve aproximadamente. Puedes salir por la puerta principal. Si todavía queda guardias, ellos mismos te dejarán salir. -

- Gracias, Sr.Vlasic. - dijo ella.

Esta era una de las peores situaciones en las que se había visto envuelta. El señor Vlasic la trataba como a una hija, e Ilija Ljubica había sido casi como un amigo de confianza en los últimos días. Comprobó su cuenta bancaria y le habían ingresado 7.692 dólares la mañana que llegó a MPS para presentarse a trabajar. Pagó la deuda de su tarjeta de crédito y la mayoría de sus facturas de una sola vez, y estaba ansiosa por empezar. Le dieron un manual de formación que la guiaba a través de su pequeña lista de tareas. La mayor parte de lo que hizo fue mantener en orden la agenda del Sr. Vlasic y controlar a los guardias para asegurarse de que cumplían con su patrulla cada hora.

Ceder a esta situación le revolvía el estómago. Si descubrían que les estaba hackeando, la despedirían con toda seguridad. Como estaba usando un coche de la empresa para ir y venir a su suite alquilada, podría incluso tener que volver a la ciudad a pie. Habría descartado por completo a Steve si no hubieran expresado también un fuerte deseo de que se uniera a su plantilla. Debía de tener alguna información urgente sobre las irregularidades de HPS para haberle sugerido que pusiera en peligro su posición de esa manera. Sólo su convicción de la clase de persona que era Steve, y el hecho de saber cómo se preocupaba por ella, la animaron a seguir adelante.

Abrió el archivo, y en la pequeña pantalla apareció Poindexter, de *Félix el Gato,* que sólo aparecía cuando se tocaba con el cursor. Le indicó que sacara la base de datos de cuentas restringidas de la empresa y le pidió que esperara mientras él empezaba a traducir los nombres de las carpetas de archivos. A continuación, le indicó que un archivo encriptado llamado "China" parecía ser la base de datos más segura, y le preguntó si deseaba continuar.

A continuación, Poindexter localizó las carpetas de archivos de China y tradujo los nombres de los archivos. Luego indicó que estaría listo para convertir el texto y los gráficos de cada uno de los archivos que ella eligiera consultar. Hizo clic en el archivo Donante y apareció una lista como si se tratara de pacientes en un expediente médico. Al hacer doble clic, encontró información médica detallada, y otra opción le permitió ver su informe de autopsia. Con dedos temblorosos, eligió la última opción, que mostraba los órganos que habían donado y los que quedaban disponibles.

Sin lugar a dudas, la Compañía estaba involucrada en mucho más que la investigación de software. Había leído acerca de los secuestros de fugitivos en la ciudad de Nueva York y de sus restos descuartizados que habían sido encontrados en el norte del estado de Nueva York, pero había desestimado los artículos como una fanfarria sensacionalista. Estaba familiarizada con esos rumores en Serbia, donde los militantes habían acusado a los musulmanes de hacer lo mismo. Muchos lo tacharon de propaganda destinada a demonizar al enemigo, pero en este caso las pruebas procedían de los propios documentos de los autores.

Aún negándose a creer lo que veían sus ojos, hizo una búsqueda en Google de los pacientes que figuraban en la base de datos. Encontró uno, luego otro, y se horrorizó al descubrir que cada paciente figuraba como persona desaparecida por la policía de Nueva York. Ahora se enfrentaba a la perspectiva de tener que notificar a la policía su descubrimiento. O eso, o tendría que enfrentarse al Sr. Vlasic con sus hallazgos. Eso podría ser un error fatal por su parte, ya que las personas involucradas en este tipo de negocios estaban conectadas con asesinos que sin duda matarían para cubrir sus huellas.

Consideró frenéticamente sus opciones, y no estaba cerca de una solución cuando dos figuras aparecieron en el umbral de la enorme suite donde Jana tenía su propio cubículo de oficina.

Levantó la vista y vio a Zora Vladic entrando con Ilija Ljubica acompañándole.

- Jana, querida. - sonrió Evilenko secamente. - Pareces un poco indispuesta. -

- Sí, Sr. Vladic. - dijo con una mueca de dolor. - Tengo un dolor de cabeza que no se va. -

- Parece que apareció de repente. Hace poco parecías estar bien. Sin embargo, sé que estas cosas pueden surgir de la nada. No tenemos forma de saber cómo puede desarrollarse una crisis sin previo aviso, ¿verdad? -

- Yo... supongo que no, señor. - Jana se aclaró la garganta, agarrándose la cara entre las manos momentáneamente para tratar de ordenarse.

- ¿Por qué no te tomas el resto del día libre, querida? - sonrió suavemente. - De todos modos, es después del horario habitual. Ilija te acompañará a tu vehículo para que no tengas que lidiar con esos molestos guardias de seguridad por todo el recinto. Están trayendo algunos equipos importantes y están identificando a todo el mundo para desalentar el espionaje corporativo de personas no autorizadas en los terrenos. -

- Muchas gracias señor, le pido disculpas. Mañana estaré en hora, de seguro. -

- Que tengas una buena noche, Jana. Descansa un poco. -

Se produjo un silencio incómodo entre ella e Ilija mientras bajaban en el ascensor hasta el subsuelo del garaje, y ella encontró el Mitsubishi Galant negro solo en el aparcamiento a esa hora de la tarde, como de costumbre. Se dieron las buenas noches, pero cuando ella encendió el motor se dio cuenta de que se había apagado.

- Tsk, tsk, estos coches japoneses. - dijo Ilija a cierta distancia, sacudiendo la cabeza. De alguna manera, ella tuvo la extraña sensación de que él se anticipaba a tal acontecimiento. Le dijo que haría que el concesionario enviara un reemplazo inmediatamente, y que la haría esperar en una de las salas de descanso de la planta baja mientras lo hacía.

Él le sujetó la puerta y ella entró en la sala, donde había un par de mesas puestas una al lado de la otra, entre máquinas expendedoras de aperitivos a cada lado. Suspiró mientras buscaba en el bolso, sacando su celular y descubriendo que no tenía señal aquí abajo. Como idea de último momento, decidió ir al baño para retocarse, y se sorprendió al ver que la puerta estaba cerrada.

El pánico se apoderó de ella cuando empezó a gritar y a golpear el grueso y estrecho panel de la puerta de acero. Miró todo lo que pudo a ambos lados y vio el piso desierto. Se dio cuenta de que su única esperanza era que Ilija regresara y, resignada, tomó asiento en la mesa esperando que volviera antes de que le diera un ataque de pánico.

En el exterior, Steve y Darko habían subido a la furgoneta justo cuando el sol empezaba a ponerse en el oeste. Llenó el cielo de furiosas manchas rojas, doradas y moradas antes de dar paso a la luna plateada, y los dos hombres la contemplaron con inquietud mientras se preparaban para lo peor.

Habían observado cómo se acercaban los cuatro camiones negros con los logotipos dorados de HPS en el lateral, y cómo los hombres de rostro severo descargaban de los vehículos lo que parecían ser cofres de acero elaborados especialmente. Tanto Steve como Darko supusieron que se trataba de los contenedores de transporte para los órganos y partes del cuerpo, que estaban siendo entregados para su envío o esperando para ser empaquetados. A ambos les horrorizaba la idea de que se hubieran extraído tantos órganos y que el negocio fuera tan rápido que las partes de los disecados estuvieran esperando a ser recibidas y adquiridas por compradores ansiosos.

- Bien. - gruñó Steve con dolor. - está sucediendo. Tan pronto como se complete el cambio, vuela esa puerta y aléjate de la ventana. La maldita cosa debería poder salir sola. -

Un estremecimiento de temor recorrió la columna vertebral de Darko cuando Steve se lanzó por la puerta y subió a la parte trasera de la furgoneta. Había visto cómo se producía el cambio en el vídeo, pero no tenía ni idea de cómo sería ir a su lado con sólo una fina pared de metal separándole de la bestia. También sabía que la maldita cosa pesaba probablemente unos cien kilos y medía más de dos metros sobre sus patas traseras. Esto sería como tener a un jugador de fútbol americano profesional queriendo arrancarle a uno la cabeza, si alguna vez el jugador tuviera la fuerza de un animal poseído por el demonio. De inmediato se arrepintió de haber aceptado algo así. El concepto de salvar vidas le golpeó de repente en la cara, y estaba a punto de enfrentarse a Steve y cancelarlo antes de que el lobo empezara a gritar.

Era el sonido más espantoso que jamás había escuchado, los gritos y llantos de docenas de hombres atrapados dentro de la bestia, suplicando ser liberados del infierno viviente en que se había convertido el cuerpo de Steve. Gritaban y suplicaban en una cacofonía de voces torturadas hasta que acabaron mezclándose en un rugido primario, peor que el de cualquier gato, simio o perro jamás creado. Oyó cómo el golpeteo de los miembros de Steve, que se agitaban, se convertía en golpes y arañazos, y fue como si a Darko se le permitiera oír cómo se producía la transmogrificación de sus brazos y piernas.

No se atrevió a mirar ni una sola vez por la ventanilla. Permaneció congelado en el asiento del conductor, con la esperanza de que el monstruo no supiera que estaba allí simplemente queriendo escapar. Darko activó los bloqueos de la puerta y se quedó sentado, paralizado, mientras los rugidos disminuían. El lobo trataba de orientarse. Hubo un silencio eterno, antes de que, de repente, la abominación se diera cuenta de que las puertas podían abrirse a la fuerza. Las puertas se abrieron de golpe como si fueran a ser arrancadas de las bisagras, y la furgoneta rebotó cuando el peso de trescientas libras salió disparado en un segundo.

Tanto Evilenko como Ljubica se encontraban en la suite ejecutiva de la segunda planta, observando todo lo que sucedía en las instalaciones y los alrededores en su sistema de vigilancia de última generación. Vieron cómo la bestia saltaba la barrera de seguridad de la puerta principal y atravesaba el campo como un caballo pequeño. Se quedaron asombrados cuando el monstruo se abalanzó sobre el muelle de carga y empezó a arremeter contra la multitud de más de una docena de hombres. Aunque hubo disparos, nadie bajo el cielo podría haberse preparado para semejante embestida, por lo que intentaron huir, pero fueron derribados por la espalda y despedazados.

- Aquí. - Evilenko se dirigió a un panel de la pared oculto tras un cuadro al óleo, y lo abrió para revelar un alijo de armas automáticas. Sacó un rifle automático AK-47 montado con un lanzagranadas BGA-40 bajo el cañón, y se lo entregó a Ljubica. - Esto detendrá el avance de la criatura. Me reuniré contigo en el punto de encuentro en Brooklyn, donde pondremos en marcha nuestro plan alternativo. Sin duda Lucic tendrá este lugar lleno de policías en cuestión de horas. Puedes dejar a la chica o acabar con ella, no hay diferencia en este momento. -

- ¿Cómo? - La mente de Ljubica se agitó mientras tomaba el arma de Evilenko. Sabía que el capitán había planeado proponer a Lurgan que se uniera a la organización como ejecutor y asesino, pero nunca se discutieron los detalles. Era imposible que a alguien se le ocurriera algo así. No había palabras para describir la carnicería que acababa de presenciar en el monitor. Aunque era un veterano con veinte años de experiencia en la batalla, se sintió casi como si le entregaran un arco y una flecha al enfrentarse a un león.

- No me importa lo que sea, no puede resistir una granada. - gruñó Evilenko. - Bloquea el ascensor y no te bajes hasta que veas claramente a la maldita cosa. Derríbalo como quieras, pero si tienes alcance, dispara la granada y acaba con él. No volveremos aquí, no tenemos más uso para este lugar. Mándalo al infierno si es necesario, y nos encontraremos en Brooklyn mañana. -

Ljubica observó cómo Evilenko desaparecía en las sombras de la parte trasera de la suite. Sabía que el capitán debía tener preparado su propio túnel de escape con un vehículo esperándole en caso de emergencia. No podía creer cómo una operación tan lucrativa como ésta podía derrumbarse tan repentinamente, y se negaba a creer que fuera por los esfuerzos de un detective de bajo nivel como Lucic. Supuso que de alguna manera tenía que ver con Lurgan, y una vez que hiciera estallar al maldito animal de Steve, lo siguiente que haría sería buscarlo. Probablemente pondría una bala en Jana para asegurarse de que no tuviera cuentos que contar.

Subió en el ascensor hasta el nivel del sótano y puso la llave en el panel de control para poder ajustar la puerta corrediza desde el interior. Dejó que la puerta se deslizara hasta la mitad, y después hasta tres cuartos. Al parecer, la chica había oído llegar el ascensor, ya que estaba golpeando y gritando con vigor para llamar la atención de alguien. Sonrió al pensar en toda la atención que recibiría en cuanto ese maldito animal fuera sacrificado.

El vello de su nuca se erizó de espanto al ver a la gran bestia que descendía lentamente por la rampa para vehículos desde el nivel superior, con sus ojos rojos y brillantes mirando directamente a Ljubica a través de la zona de estacionamiento a cincuenta metros de distancia. Su hocico, su pecho y sus patas delanteras estaban cubiertos de sangre, y parecía que de su papada colgaban restos de vísceras. Comenzó a acechar a Ljubica, arrastrándose en dirección a él antes de empezar a correr. Ilija amartilló el lanzagranadas, apuntó deliberadamente y disparó a la bestia. Ljubica se sorprendió cuando el monstruo saltó ágilmente hacia un lado, la granada pasó volando por encima del lobo y explotó contra la rampa detrás de él. Después de eso, la bestia fue como un rayo de luz mientras avanzaba hasta el ascensor y rugía hacia Ljubica. Empezó a vaciar el cargador del AK-47 contra la criatura, pero ésta lo aplastó contra la pared del ascensor antes de que tuviera tiempo de pivotar.

Jana miró frenéticamente por la estrecha ventana de la puerta cerrada, y sólo pudo ver el destello de la explosión antes de que el aire se llenara de humo y polvo de hormigón. Limpió el cristal en vano y pudo oír los gritos de Ljubica, que pronto se desvanecieron bajo el sonido metálico del ascensor. Tembló de terror mientras se alejaba de la puerta, oyendo el sonido de un chasquido mientras algo terrible se acercaba deliberadamente.

Gritó cuando el grueso cristal estalló de repente al tiempo que lo que parecían ser un par de garras atravesaban la estrecha ventana y empezaban a tirar de ella con increíble ferocidad. El metal pareció doblarse por la fuerza hasta que, al instante, el marco de la puerta cedió y ésta se estrelló contra la pared exterior, dando paso a un silencio aterrador. Jana sollozaba sin control, sin atreverse a dar un paso adelante por el miedo a la cosa que acechaba fuera.

Pasaron largos minutos antes de que pudiera obligarse a caminar hacia la puerta. No había otra forma de salir de aquí, y si el monstruo se había ido, al menos podría subir corriendo la rampa hasta el nivel superior y huir del lugar. Se arrastró hacia la puerta y no oyó nada fuera. Se limpió las lágrimas de los ojos y salió al nivel inferior, casi haciendo arcadas por el polvo de hormigón que había en el aire. De repente, detectó una presencia, sintiéndola más que oyéndola, y luego se giró a su derecha y vio al monstruo.

Jana Dragana intentó gritar, pero toda la energía de su cuerpo estaba atrapada en su garganta. Miró fijamente a la bestia que tenía delante, cuya cabeza le llegaba casi a la altura de los hombros mientras se mantenía a cuatro patas. Sus ojos de serpiente, brillantes como rubíes, parecían mirar fijamente a las profundidades de su alma. Vio sus colmillos mientras jadeaba, con el hocico cubierto de sangre. Cada nervio de su cuerpo se había puesto en modo de supervivencia, y estaba dispuesta a correr por su vida si no fuera por el terror que inundaba su corazón. Se dio cuenta de que si se movía un centímetro, este monstruo sería capaz de arrancarle la cara de un solo mordisco.

- Bonito perro. - consiguió decir, las palabras simplemente salieron de su boca.

El lobo entrecerró los ojos y ella supo sin lugar a dudas que estaba muerta. Comenzó a susurrar oraciones a Jesús, María y José, pero en seguida el lobo se volvió y galopó hacia la rampa de salida. Cayó de rodillas, sin notar el terrible impacto que normalmente la habría hecho gritar de dolor. El animal subió a toda velocidad por la rampa y desapareció.

Lo único que pudo hacer fue caerse de frente, sollozando histéricamente de terror. Permaneció allí llorando durante mucho tiempo, y luego consiguió ponerse de pie para tratar de encontrar una forma de escapar.

Lo que había considerado el cielo esta misma mañana se había convertido en el infierno.

CAPÍTULO NUEVE

Steve Lurgan se despertó a la mañana siguiente cerca de una tubería de alcantarilla situada en el interior de un barranco. Estaba completamente desnudo y salió rodando de debajo de unos arbustos hasta la abertura donde encontró la bolsa de basura que había colocado allí. Rápidamente se puso la ropa y recuperó sus pertenencias, sonriendo irónicamente ante la idea de que un vagabundo se encontrara con la bolsa sólo para encontrarse cara a cara con el lobo. Se metió la cartera en el bolsillo, se puso el reloj Rolex y llamó a Darko Lucic al celular.

- Steve. - respondió. - Encontré a Jana fuera del complejo y la traje de regreso a la ciudad. Ha vuelto a su casa, espero que esté durmiendo sin pensar en eso. Le conté todo menos lo del lobo, y accedió a quedarse en su casa hasta saber de nosotros. -

- ¿Quieres decir que la dejaste sola en el apartamento? -

- Estoy fuera del apartamento. He estado orinando en una lata durante doce horas y me siento como si estuviera sentado en una lata de carbón caliente. Si Evilenko envía a alguien tras ella, los seguiré tan lejos como pueda antes de tener que llamar a los refuerzos. ¿Vas a volver a entrar? -

- Ni bien pueda llegar a la estación de Amtrak. - respondió.

A continuación, se conectó a Internet con su smartphone y localizó un servicio de coches cerca de la zona, llamando a un vehículo para que lo recogiera en la carretera frente al complejo HPS. El campus estaba absolutamente sereno desde fuera, y nadie tendría idea de la carnicería que había dentro hasta que él o Darko llamaran a la policía estatal. Mientras esperaba el coche, decidió llamar a Jana.

- ¿Hola? - contestó somnolienta después de seis timbres, y de repente estalló. - ¡Steve! -

- Jana. ¿Estás bien? -

- ¿Dónde estás? -

- Todavía estoy en Catskill. Darko está abajo en la furgoneta vigilando la entrada principal. Si Evilenko o alguno de los suyos aparece, tendrá refuerzos allí en minutos. Yo debería estar allí en unas horas, así que no te preocupes. -

- ¿Quieres decir que nadie ha llamado a la policía todavía? ¿Qué pasa con toda esa gente que fue asesinada por ese monstruo, ese lobo? -

- Jana, viste esa base de datos. Estaban transportando partes de cuerpos. Lo más importante ahora es atrapar a Evilenko. Tiene conexiones con los rusos y los chinos, y si sale del país nunca será llevado ante la justicia. Si cree que aún tiene tiempo, probablemente hará uno o dos movimientos más para cerrar sus negocios, y podremos atraparlo. -

- ¡Fue la segunda vez que vi a ese animal, la segunda vez que destrozaba gente! - empezó a llorar. - ¡Cómo puede estar pasando algo así! ¡La única forma de convencer a alguien de que no estoy loca es que encuentren esos cuerpos en las instalaciones! -

- Tenemos pruebas de que el lobo hizo lo que hizo, y tanto Lucic como yo podemos testificar que lo hemos visto. - la tranquilizó gentilmente. - Además, estoy seguro de que las cámaras de seguridad de Evilenko captaron todo lo que ocurrió en el muelle de carga. No tienes nada de qué preocuparte. Una vez que atrapemos a Evilenko, todo habrá terminado. Darko y yo nos aseguraremos de que no vuelvas a ver al animal. -

- ¡Cómo ha podido ocurrir algo así! - gritó. - ¡Primero asesinaron a Kane North y a sus amigos, y luego a los empleados de Zora Vladic! Alguien me está siguiendo con esa bestia de alguna manera! ¿Cómo pudo alguien traer algo así a mi vida, y por qué? -

- Jana, tengo una llamada de Darko. - le dijo mientras su celular empezaba a sonar. - Déjame ver qué quiere y te llamo enseguida. -

- ¿Steve? - Lucic estaba ansioso. - Acaba de llegar un coche y dos hombres se dirigen al edificio. Tengo la sensación de que son de Evilenko. -

- ¿Qué vamos a hacer? - preguntó Steve con entusiasmo. - No hay otra salida más que por la entrada principal. Hay una salida al callejón trasero pero no hay forma de salir a la calle desde allí. ¿Serás capaz de seguirlos? -

-Haré lo que pueda. Si los pierdo no tengo más remedio que pedir refuerzos. -

- Mantenme informado. Estaré allí tan pronto como pueda. -

Steve estaba fuera de sí cuando llegó el taxista, e hizo que el conductor lo llevara al servicio de alquiler de coches de la ciudad. Escogió un Chevy Camaro y en menos de una hora tenía el coche en marcha en la autopista. Sabía que el trayecto era de dos horas y media, y que si se apresuraba a llegar a la ciudad a más tardar a las nueve de la mañana estaría allí. Supuso que Darko sería capaz de seguir a los rusos o a quienquiera que fuera tras Jana, y si no, al menos la policía llegaría y atraparía a los bastardos.

Sabía que el final de la tribulación había llegado por fin

para él. Fuera como fuera, se iba a algún lugar como Alaska o Arizona, donde podría dejar a la bestia libre en la naturaleza unos días cada mes. No había forma de tener una verdadera relación con nadie, y se había engañado a sí mismo pensando que algo era posible con Jana. El monstruo lo acompañaría el resto de sus días. Su única esperanza sería conseguir una choza en algún rincón apartado del mapa y hacer lo mejor que pudiera hasta que llegara su momento del mes, como una especie de menstruación extraña que exigiera la sangría de otros.

Ahora sabía que el monstruo era benévolo a su manera, o habría destrozado a Jana. Era casi como si lo recordara mirando a Jana, deleitándose con su horror antes de huir, aunque no podía decir si había sido un sueño o no. Recordó el crujido de los huesos y el desgarro de la carne. Enormes trozos de carne de los antebrazos y las piernas de los hombres. También recordó que habían atacado al lobo como si fuera un gran insecto, una cosa horrible que había que aplastar. ¿Cuánto tenía que ver con una matanza bestial y cuánto con la supervivencia? Ciertamente, había planeado que la bestia se acercara a ellos en el muelle de carga, pero ¿habría habido algún derramamiento de sangre si se hubieran alejado caminando o corriendo? Si tan solo pudiera recordar. *Dios, si tan solo pudiera recordar.*

Bajó a toda velocidad por la I-87 de vuelta a la ciudad, apenas frenando para evitar los controles de velocidad mientras la Patrulla de Carreteras se sentaba en sus carriles transversales esperando a los descuidados. Creyó que lo habían atrapado a 80 MPH en un momento dado, pero se abalanzaron y atraparon a un estudiante universitario que volvía a la ciudad. Utilizó su método probado de jugar a los saltos con otros coches, acercándose a ellos por detrás poco a poco hasta romper a 90 MPH para superarlos. A continuación, se acercó sigilosamente al siguiente coche y repitió el proceso.

- Steve. - encendió su teléfono mientras Darko le devolvía la llamada. - Salieron y tenían a Jana con ellos. Parece que están conduciendo hacia Brooklyn. Van en hora pico así que no creo que sea un problema seguirlos. Avísame cuando llegues a la ciudad y te diré dónde estamos. Ahora mismo parece que se dirigen al puente de Manhattan, así que mantente en contacto. Voy a cortar para que no se me agote la batería. -

- Entendido. - respondió Steve.

Le molestaba tener que pagar un peaje de diez dólares por el privilegio de ser engullido por la congestión del tráfico de Nueva York. Se adentró en el torrente de vehículos que tocaban la bocina y trataban de adelantarse unos a otros de camino al túnel Lincoln y al puente de Manhattan. Le divertía la idea de que el lobo se manifestara y saltara por encima de los techos de los vehículos para llegar a donde tenía que estar. Lo más probable es que después hubiera un montón de coches abandonados que iban a necesitar ser remolcados.

Eran casi las 9:30 cuando llegó al puente de Manhattan, y llamó a Darko para avisarle.

- Bien, parece que nos dirigimos hacia Flatlands en Flatbush, la zona de almacenes. - informó Lucic. - Estoy con la batería baja ahora. Conseguiré una dirección, encontraré un lugar para vigilarlos y te llamaré. -

Steve salió del puente y se dirigió directamente a la avenida Flatbush, conduciendo de forma mucho más despreocupada ahora que sabía que Darko los tenía localizados. Ahora sabía que se trataba de que Evilenko lo atrapara y le sacara el secreto del lobo. Sabía que Evilenko lo utilizaría como conejillo de indias, experimentando con él hasta que fuera capaz de aprovechar el poder del lobo. Esto iba a ser un intercambio directo, entregándose a sí mismo por Jana. Sólo tenía que asegurarse de que Jana estuviera a salvo antes de aceptar las condiciones de Evilenko, y de que la bestia pudiera liberarse cuando el sol se pusiera de nuevo.

- Como ves, querida, Steve Lurgan se las ingenió para que la bestia fuera transportada a los Estados Unidos, y planeaba ofrecer sus servicios al mejor postor. - dijo Evilenko amablemente a la llorosa muchacha que se encontraba al otro lado del escritorio en su oficina con mobiliario de clase alta. - Había hecho conexiones con los traficantes del mercado negro en Kosovo durante la guerra, y de alguna manera se hizo con esta desafortunada bestia durante ese tiempo. Como usted sabe, los serbios cristianos blancos se encuentran entre las personas más inteligentes y científicas de la historia del mundo. No me cabe duda de que el lobo era un producto de la ingeniería genética, y que estaba programado para obedecer órdenes y realizar determinadas funciones. Es muy posible que haya sido robado por los albaneses y luego entregado a Lurgan para su reentrenamiento. No tenemos forma de saberlo con seguridad. -
- Pero... pero ¿qué hay de esa información en la base de datos...? -
- Fue un subterfugio muy inteligente, e Ilija y yo nos enteramos ni bien abriste el expediente en nuestro sistema. Por eso vinimos a la oficina poco después de que la cerraras. Sabíamos que te iba a enviar información que había robado de la base de datos de los estraperlistas chinos. Ya había intentado chantajearnos, exigiendo que le entregáramos un proyecto clasificado en el que estábamos trabajando para el Gobierno. Cuando nos negamos, nos dijo que nos haría lamentar nuestra decisión. Mis hombres estaban trasladando los datos de nuestra investigación a unos camiones para transportarlos a una zona de almacenamiento cuando puso al lobo contra ellos. -
- Esto es terrible, simplemente terrible. - gritó, agradeciendo

a uno de los dos corpulentos guardaespaldas que estaban en la habitación con ellos cuando le entregó un pañuelo.

- Creo que nuestra única oportunidad es que traiga al animal aquí para que podamos capturarlo y aprehender a Steve. - reveló Evilenko. - Como sabes, tiene a ese policía corrupto, Lucic, trabajando con él. No me cabe duda de que se conocieron en Kosovo. La piratería informática es uno de los delitos más lucrativos del mundo en estos momentos. Los hackers como Lurgan pueden ganar millones de dólares comprando y vendiendo software espía y de virus. Con esa cantidad de dinero que se puede ganar, no hace falta ser muy imaginativo para ver por qué Lurgan llegaría a esos extremos para conseguir sus objetivos. -

- Me preguntaba qué hacía con un camión. - sollozó. - Lucic dijo que se había lesionado y que iba con muletas, pero no le vi ni una sola vez entrar o salir del camión. Tendría sentido que se inventara esa historia para poder transportar a ese perro monstruoso. Probablemente se quedó dentro del camión para que la bestia no hiciera ruido. Cuando estaba fuera de las instalaciones esperándome cuando escapé de la bestia, debería haber sospechado algo. Sólo que estaba tan aterrorizada que sólo podía agradecer que me ayudara a escapar. Me llevó directamente al apartamento y me dijo que estaría esperando fuera. Sr. Vlasic, ¿cree que...? -

- No te preocupes, querida. De hecho, mis socios le han visto aparcado a una cuadra de aquí. Mientras hablamos, mis hombres están... -

- Señor, acaba de llegar. - entró en el despacho otro hombre con traje negro. - Vimos un Camaro negro aparcado detrás del camión antes de que el conductor subiera con Lucic. Uno de nuestros hombres hizo un recorrido en coche y vio a Lurgan en el lado del pasajero. -

- Bien. - sonrió Evilenko. - Estoy seguro de que hará su movimiento muy pronto. -

- ¿No vas a llamar a la policía? - Se preguntó Jana.

- El FBI ha pedido que mantengamos nuestras posiciones hasta que puedan poner en marcha su plan. - respondió Evilenko. - Al parecer, Lurgan tiene a sus conexiones rusas acercándose a nuestra ubicación. Esperan pillarnos desprevenidos y robar la información de la investigación que pude rescatar de nuestro cuartel general cuando escapé. Verás, querida, él estaba seguro de que yo haría que mis hombres se pusieran en contacto contigo y te trajeran aquí. Se imaginó que lo guiarías directamente a nosotros. El hecho de que Lucic te convenciera de que estaba haciendo guardia justificaba que se quedara vigilando frente a tu casa. Sólo que ahora hemos dado la vuelta a la tortilla, y cuando lleguen los rusos, el FBI entrará en acción y los arrestará a todos. -

- ¿Entonces solo vamos a esperar aquí? - Jana se las arreglaba para serenarse.

- En realidad, puedes sernos de más utilidad si lo deseas. - respondió Evilenko. - Hice que una unidad de reconocimiento se trasladara a la planta de investigación después de que Lurgan y Lucic se fueran. Recogieron los documentos restantes antes de notificar al FBI del ataque de Lurgan. Vienen hacia aquí pero no están familiarizados con el tráfico de Nueva York. Tal vez puedas contactar con ellos a través de Internet y guiarles hasta aquí. -

- No hay problema, señor. - aceptó Jana, sintiéndose como una chica James Bond en medio de toda la intriga.

- Señor, no va a creer esto. - anunció el teniente de Evilenko al colgar el móvil una vez más. - Lurgan salió del camión y está caminando directamente hacia aquí. -

- Bien. - sonrió Evilenko cuando los ojos de Jana se abrieron

de par en par con aprensión. - Que alguien baje y le haga pasar.
-

Menos de una hora después, Steve Lurgan se encontraba atado a una mesa de metal en un laboratorio forense improvisado con tubos que le salían de las arterias y las venas del cuerpo. Lo habían capturado los mafiosos rusos que trabajaban con Evilenko y lo habían llevado directamente al sótano del segundo nivel del complejo de almacenes.

Cuando se detuvo detrás del camión y se subió junto a Lucic, le dijo a Darko que tenía la intención de ir a pie hasta el almacén para que Evilenko lo capturara.

- Es la mejor oportunidad. - explicó. - Si me entrego, esperaremos hasta el atardecer, y él y sus hombres serán historia. Si me liquida y trata de salir de aquí con Jana, llamas a tus refuerzos. -

- No entiendo lo que estás tratando de lograr aquí- insistió Darko. - ¿Quieres que espere aquí fuera hasta que se ponga el sol para que puedas matar a todos en el edificio? -

- Razona conmigo. ¿Qué crees que pasó en Catskill después de que nos fuimos? ¿No crees que envió a alguien detrás de nosotros para recoger las pruebas? Si quieres atraparlo por matar a esos niños y vender sus órganos, vas a necesitar toneladas de evidencia. Si puedo hacerle creer que le queda tiempo en el reloj, moverá sus cosas. Cuanto más tiempo pueda aguantar con él, más tiempo le daremos para reunir las pruebas en un solo lugar. -

Evilenko supuso correctamente que Steve estaba pensando en ese sentido, e hizo que lo llevaran al nivel inferior, donde lo esperaba el Dr. Boza Andela. Andela era uno de los neurocirujanos más destacados de Serbia, que había desertado a Albania durante la guerra y se había convertido en parte del mercado negro de órganos. Había realizado la mayoría de las cirugías en los cadáveres de los adolescentes secuestrados que habían sido llevados a Catskill. Escapó junto con Evilenko en el camión de mudanzas que transportaba la bomba de ántrax que habían estado desarrollando durante el último año.

- El doctor Andela te vigilará mientras tu novia guía a nuestros socios de Al Qaeda hasta este lugar. - Evilenko disfrutó de la cara de asombro de Steve. - Llegaron a Montreal hace un par de días para hacerse con el arma. Su plan era... es... detonarla cerca del embalse de Central Park. Sus brutales intentos por hacerme actuar han acelerado un poco nuestro calendario, pero más vale antes que nunca. -

- ¡Bastardo enfermo! - Siseó Steve. - ¿Sabes a cuántas miles de personas vas a envenenar? -

- Nada en la vida es gratis, por supuesto. - respondió Evilenko, ajustando su corbata de oro de 100 dólares que hacía juego con su camisa de seda blanca de 500 dólares. - El doctor Andela ya es un hombre muy rico, al igual que yo y el resto de nuestro equipo. Los partidarios de Al Qaeda han aportado diez millones de dólares como pago por la bomba. Esto, junto con el reclamo del seguro por el laboratorio de investigación que diremos que destruyó, así como las partes del cuerpo y los órganos de repuesto que rescatamos, nos permitirá a todos salir bien parados. -

- Sabes que Lucic está esperando para pulsar el botón de marcar y hacer que la policía invada este lugar. - Steve se esforzó contra sus ataduras.

- Si fuera a hacerlo, ya lo habría hecho. - sonrió Evilenko, sacando una Glock-17 de una funda de hombro bajo el traje de diseñador de 5.000 dólares. - Espera vengarse de la muerte de su compañero. Ambos lo sabemos. ¿Por qué más iba a estar meando en una lata desde ayer? Espera que te conviertas en el hombre lobo y mates a todo el mundo, rescates a esa estúpida chica y vivas feliz para siempre. Por desgracia, tengo otros planes. -

- ¡Espero que incluyan que te vayas a la mierda, hijo de puta! - Siseó Steve.

- Te acuerdas de esto. - Evilenko soltó el cargador de munición y disparó una de las balas recubiertas de plata. - Fue lo que usaste para acabar con la última pobre alma. El doctor Andela te hará una serie de pruebas durante las próximas horas, hasta el atardecer. Sacaremos sangre, médula ósea, líquido cefalorraquídeo, lo que pueda ser útil. Una vez que comiences a experimentar tus alucinaciones licántropas, el Dr. Andela terminará con tu sufrimiento de forma permanente. -

- Capitán Evilenko, ya se lo he dicho, soy médico, no asesino. - suplicó Andela. - He faltado a mi juramento hipocrático más veces de las que puedo recordar a lo largo de este proyecto, pero aquí es donde trazo la línea. No voy a matar a un hombre, señor, no lo haré. -

. -Cálmate, amigo mío. - lo tranquilizó Evilenko. - Yo mismo volveré aquí antes de la puesta de sol y me encargaré de esto una vez que las pruebas estén terminadas. Lo único que me preocupa es que tendré que dar total prioridad al traslado de la bomba una vez que lleguen los agentes de Al Qaeda. Si yo estoy ocupado, tendrás que ocuparte de este tipo. Tenga por seguro que si tiene un episodio maníaco, es muy posible que se enfrente a la opción de acabar con él en defensa propia. -

- Entiendo lo que me dice, capitán. -

- Muy bien. Continúe. -

Darko Lucic permaneció sentado en el camión a medida que avanzaba el día, preguntándose qué estaría pasando en el interior del tranquilo almacén de la calle desierta. Su columna vertebral se contraía con un dolor agonizante de forma regular, y tenía que tirar la orina de su lata por la ventana cada dos horas. Lo distraía la idea de haber agravado su lesión medular hasta causarle un daño irreversible, pero estaba seguro de que no podía empeorarla más de lo que estaba ahora.

Vio pasar el mediodía y luego las horas se hicieron eternas hasta las tres de la tarde. A medida que se acercaban las cinco y media, notó que el sol empezaba a ponerse en el oeste y que la silueta de la luna empezaba a ser visible en el cielo azul mientras se hacía cada vez más oscuro. Levantó la bolsa de viaje y sacó la funda de hombro, gruñendo mientras se quitaba la chaqueta para ponérsela. Luego soportó la tortura de inclinarse hacia adelante para abrocharse la funda del tobillo. Por último, se echó la mano a la espalda y sacó las muletas de acero. Le costaría todo lo que tenía para entrar en aquel almacén, pero había llegado demasiado lejos como para dar marcha atrás.

Aceleró el motor y recorrió la cuadra hasta el almacén desde donde estaba aparcado en una calle sin salida. Abrió la puerta y apoyó las muletas para sostenerse, luego se deslizó desde el asiento del conductor y casi se desmayó al transferir su peso al suelo.

- Oye, maldito policía. - le desafió uno de los cuatro rusos que estaban en la entrada del almacén. - Esto es una propiedad privada. Estás bloqueando el tráfico. -

- Vale, bastardos, pónganse contra la pared, están todos arrestados. - Lucic sacó su placa del bolsillo del pantalón y se la metió en el bolsillo del pecho.

- ¡Sal de la propiedad, maldito lisiado! - se burló uno de los rusos antes de que empezaran a sacar sus pistolas.

Justo cuando ambos bandos comenzaron a abrir fuego, el sonido del motor de un camión comenzó a gruñir desde el garaje del almacén mientras Bojan Evilenko se preparaba para reunirse con los agentes de Al Qaeda en el punto de encuentro donde entregaría la bomba de ántrax. Envió a uno de sus tenientes para que se asegurara de que Jana Dragana había confirmado la cita con los terroristas cerca del complejo de la

Atalaya junto al puente de Brooklyn. Una vez verificado, le dispararía a Jana en la cabeza para asegurarse de que no tuviera ninguna historia que contar sobre lo que había visto.

El teniente oyó los disparos en el exterior y se apresuró a ayudar a sus compañeros, apartando a Jana de su mente por el momento. Jana, al oír los disparos que sonaban en la calle de abajo, se precipitó hacia la ventana y pudo ver a Lucic refugiándose detrás de una farola mientras intercambiaba disparos con los rusos. Sacó el celular y se dio cuenta de que no sólo se estaba quedando sin batería, sino que no tenía señal. Comenzó a llorar mientras observaba el tiroteo que se desarrollaba abajo, sin saber lo que podía llegar a ocurrirle.

El Dr. Andela también oyó los disparos y miró frenéticamente hacia la puerta, esperando en vano los pasos de Bojan Evilenko. Enseguida vio que los ojos de Steve se ponían en blanco y su espalda se arqueaba horriblemente antes de empezar a convulsionar. Andela miró la Glock que tenía sobre la mesa, junto al equipo médico que había utilizado para extraer fluidos y muestras de Steve durante todo el día. Sin embargo, no iba a disparar a un hombre, y mucho menos a sangre fría. Había vendido su alma a Evilenko por más de un millón de dólares en una cuenta bancaria suiza, pero aquí pondría el límite.

No podía creer lo que veían sus ojos al ver cómo la caja torácica de Steve se expandía, hinchándose hasta casi duplicar su tamaño normal. El crecimiento de su pelo y de sus uñas se aceleró de forma anormal, y los miembros empezaron a retorcerse como ramas de árbol en terribles deformaciones. Tenía la cara contorsionada por el dolor, pero parecía que el crecimiento antinatural del pelo y las uñas se había extendido a los dientes, ya que empezaron a sobresalirle de los labios. Steve lanzó entonces un grito terrible, casi idéntico al que escuchó en un campo de exterminio cerca de Kosovo, donde los musulmanes albaneses habían matado a tiros a treinta civiles cristianos serbios. Sólo que no eran los gritos de mujeres y niños aterrorizados. Eran los gritos de los condenados que pedían ser liberados de las fosas del infierno.

Era casi como ver a alguien depilándose, o ver algo arder en un incendio. La metamorfosis era tan repentina y absoluta que cuando se concentraba en una zona del cuerpo, otra se estaba transformando a un ritmo asombroso. Cuando Andela apartó los ojos del rostro torturado de Steve, vio que todo su cuerpo estaba lleno de pelo y que sus piernas se habían curvado hasta convertirse en enormes bolas de músculo acerado que terminaban en espinillas con forma de bastón y garras en los pies. Algo que parecía casi una cola sobresalía por debajo de sus nalgas. Cuando volvió a mirar la cara de Steve, su nariz y su mandíbula empezaban a sobresalir como las de un neandertal.

Los gritos habían dado paso a un rugido sobrenatural que heló la médula de los huesos de Andela. No era el rugido de un hombre ni de una bestia, sino el del mismísimo diablo. Andela retrocedió aterrorizado, y al instante la bestia que era Steve Lurgan rompió las ataduras como si fuera papel higiénico. El Doctor estuvo a punto de desmayarse cuando el monstruo se puso de pie sobre la mesa, imponiéndose sobre él mientras las mandíbulas con colmillos se abrían como las de un tiburón asesino. Lo miró fijamente a los ojos, que brillaban como ascuas mientras miraba fijamente el alma de Andela. El Doctor comenzó a llorar histéricamente, y perdió el control de sus intestinos mientras un hedor repugnante llenaba la habitación. De nuevo se oyó el sonido de los disparos en el exterior, y al instante el lobo gigante saltó de la mesa y atravesó la puerta como si fuera de madera de balsa.

En el exterior, Darko estaba acurrucado detrás de la farola para salvar su vida, ya que varios disparos se habían abierto paso a través del metal, pero aún no habían penetrado en ambos lados. Disparó un solo tiro en respuesta, conteniendo a los cuatro pistoleros que se escondían en las puertas, intentando acercarse para conseguir un tiro limpio contra Lucic. Maldecían y se burlaban de él, esperando que huyera hacia el camión para poder dispararle por la espalda. Sabían que Evilenko se estaba preparando para levantar la puerta de acero del garaje y marcharse con la bomba de ántrax, momento en el que habrían cumplido su parte del acuerdo con él.

Los pistoleros sintieron un movimiento detrás de ellos y se dieron vuelta para mirar atónitos a la gigantesca bestia que se les acercaba. Fue el tipo de terror que se apoderaría de uno en un zoológico, al darse vuelta para descubrir que uno de los animales se había escapado de la jaula y se había acercado sigilosamente detrás de uno. Se voltearon y empezaron a disparar al monstruo, que se abalanzó sobre el pistolero más cercano y le engulló toda la cara con las mandíbulas. Abrieron los ojos de par en par al oír el crujido de los huesos de la cara del hombre bajo la presión, la sangre que salía a borbotones y corría por el pavimento de cemento mientras el cuerpo quedaba inerte.

Darko tomó la iniciativa cojeando sobre una muleta, equilibrándose de algún modo mientras abría fuego contra los atacantes. Uno de los hombres se dobló cuando las balas le desgarraron la espalda, y otro se desplomó al recibir una bala en la parte posterior del cráneo. La bestia, mientras tanto, había saltado sobre el cuarto hombre y le había partido el brazo con el que iba a disparar como si fuera un grisín. Cayó gritando al suelo mientras Darko miraba fijamente a los ojos del lobo bañado en sangre.

- Bueno, tranquilo, Steve. - consiguió decir Darko, con los testículos encogidos por el miedo. - Sé que estás ahí dentro en alguna parte. Tenemos que rescatar a Jana y detener a

Evilenko. El camión se está preparando para salir, y no podré volver al volante a tiempo. -

Al instante, el lobo gigante salió corriendo en dirección al garaje. Darko levantó la vista y vio a Jana mirando desde la ventana del segundo piso, y le hizo una seña para que bajara mientras él se agachaba agónicamente para recuperar su otra muleta. Sólo esperaba que la policía no apareciera, o que algún transeúnte oyera los gritos del pistolero mutilado y llamara a la policía. No le cabía duda de que si Evilenko escapaba, vendería los órganos extraídos a los chinos antes de huir del país. No tenía la menor idea de la bomba de ántrax. Su única preocupación era detener a Evilenko antes de que pudiera salir del recinto. Sin embargo, no le habría sorprendido que Evilenko hubiera preparado el camión con explosivos para destruir las pruebas en caso de ser necesario.

Cojeó con agonía desde la parte delantera del almacén hasta el garaje, con lágrimas de dolor cayéndole por las mejillas. Vio que la puerta corrediza se había levantado parcialmente, y consiguió agacharse lo suficiente para deslizarse dentro. Vio el enorme camión parado ante él, y a su izquierda a Evilenko sentado encogido ante la bestia, que lo tenía atrapado junto al panel de control en la esquina.

- Bien, Bojan, solo no hagas ningún movimiento en falso. Esa cosa acaba de destrozar a cuatro de tus chicos fuera - Darko se acercó con cuidado al camión. - Se acabó, no queremos que nadie más muera aquí. Voy a intentar llegar al camión y apagarlo. Hagas lo que hagas, no alteres a esa maldita cosa. -

- Es Lurgan. Lo sabes, tonto. - respondió Evilenko con voz ronca. - Todavía puede pensar con claridad y entender, de lo contrario estaría muerto. Ya he armado la bomba, está preparada para estallar en una hora. Para cuando llames a tus amigos y envíen al escuadrón antibombas, el arma habrá cubierto de ántrax todo Flatbush. -

- ¿Qué bomba? - Lucic demandó una respuesta.

- Hemos completado con éxito el desarrollo de una bomba de ántrax para una célula de Al Qaeda aquí en América del Norte. - Evilenko logró lanzar una carcajada. - En caso de que nuestro acuerdo con los chinos fuera cancelado o saboteado por gente como tú, hicimos planes alternativos para vender la bomba a Al Qaeda antes de huir del país. Una de las características que instalamos fue un detonador manual irreversible en caso de que fuéramos atrapados o capturados como ahora. No tiene más valor que el de proporcionarnos una medida de venganza contra los que han frustrado nuestros planes. -

De inmediato, Jana Dragana se deslizó bajo la puerta superior y casi se desmayó al ver a la bestia a pocos metros de ella.

- ¡Jana! - La llamó Darko. - No te preocupes, todo está bien, pero no hagas ningún movimiento brusco. Este loco hijo de puta puso una bomba de ántrax en ese camión. No creo que el escuadrón antibombas puedan llegar a tiempo para detenerla. -

Al instante, la bestia se volteó y miró fijamente a los ojos de Darko, que luchó contra el temblor de su pecho mientras trataba de concentrarse en un repentino impulso en el cerebro.

- La bóveda subterránea. - se dio cuenta. - ¡Si podemos meter esta maldita cosa dentro de la bóveda en Staten Island, puede ser capaz de contener la explosión! -

El lobo gigante congeló a Evilenko en su sitio con gruñidos guturales mientras Darko cojeaba hasta la parte trasera del camión seguido por Jana detrás de él. Ella lo ayudó a abrir la puerta y se quedaron asombrados ante el dispositivo cilíndrico negro que parecía tener unos tres metros de diámetro. Tenía un gran dispositivo redondo en la parte superior y se parecía a un platillo volador de las películas.

- ¿Cómo vamos a moverlo? Debe pesar una tonelada. - Jana estaba consternada.

- Nos preocuparemos de eso cuando lleguemos. Sube al camión. -

Observaron fascinados cómo el lobo gigante hundía los dientes alrededor de la cintura de Evilenko, agarrándolo del cinturón y la parte delantera de los pantalones. El capitán gritó alarmado cuando los dientes del monstruo le desgarraron la piel en el proceso. El monstruo lo empujó hacia atrás, hacia la parte trasera del camión, y finalmente lo soltó cuando llegaron a la puerta trasera. Evilenko entró instintivamente en el vehículo, y la bestia saltó al otro lado de la bomba mientras Darko cerraba la puerta tras ellos. Volvió cojeando hasta el panel de control de la puerta superior, intentando luchar contra el dolor cegador mientras la levantaba del todo. Luego volvió a la cabina y condujo el camión fuera del garaje en dirección al puente Verrazano-Narrows hacia Staten Island.

Tardaron casi media hora en llegar a la mansión, y Darko sabía que estaban en una carrera contra el tiempo. El camión permaneció en silencio durante todo el trayecto, ya que Darko luchaba por no desplomarse en agonía mientras Jana miraba distraída por la ventanilla. Evilenko intentó una o dos veces hablar con el lobo, pero sus horribles gruñidos atenazaron el corazón de todos con terror. Por fin llegaron al camino de entrada, y Darko consiguió bajarse al pavimento. Jana vio la agonía que sufría y se apresuró a ayudarle a bajar.

Darko abrió la puerta del garaje y condujo el camión hacia dentro, y se alegró al comprobar que había un ascensor de carga instalado por los traficantes que les permitía transportar objetos voluminosos a la zona subterránea. Abrió la puerta para dejar salir a Evilenko y a la bestia. Evilenko saltó a un lado cuando el monstruo puso sus mandíbulas alrededor de uno de los espacios cortados a ambos lados del borde del aparato. Sacó la bomba del camión de forma que el artefacto aterrizó en el suelo del garaje con un estruendo ensordecedor. Darko supuso que debía de pesar más de cien libras, lo que les dio una idea del poder de la criatura.

A continuación empujó la bomba hacia el interior del ascensor con las patas delanteras, y Darko pensó en lo divertido que habría sido si no fuera por lo asustados que estaban. Ni siquiera se había molestado en volver a sacar su pistola, ya que a Evilenko no se le habría ocurrido huir de esa cosa. Una vez que hubo cargado la bomba en el coche, gruñó amenazadoramente a Evilenko, con las sangrientas entrañas de sus víctimas aún impregnadas en el hocico y el pecho. Evilenko entró instintivamente en el ascensor, mirando el panel de control como último medio de escape posible.

- Ni se te ocurra. - dijo Darko mientras él y Jana entraban detrás de él, seguidos por el lobo. - No importa dónde vayas, esta cosa te encontrará. -

El ascensor zumbó cuando las puertas se cerraron y descendió lentamente a las cámaras subterráneas. Cuando se volvieron a abrir, el lobo empezó a empujar la bomba hacia la cámara acorazada donde había quedado atrapado la noche anterior. Darko se acercó cojeando e introdujo el código, y la puerta de la cámara se abrió lentamente. Observaron con inquietud cómo la bestia empujaba la bomba hacia el interior de la cámara y luego utilizaba su hocico para cerrar la puerta de acero. A continuación, se acercó y se tumbó frente a la puerta del ascensor. Los tres se miraron, comprendiendo que no tenían más remedio que esperar aquí hasta que la bomba estallara.

Unos diez minutos más tarde, los tres estuvieron a punto de saltar cuando una explosión como nunca habían oído estalló en la cámara acorazada. A pesar de que la bomba estaba encerrada en la cámara, el estruendo fue tan grande que el yeso se agrietó a lo largo de los techos y los suelos de todo el sótano. Los objetos salieron despedidos de las estanterías y el monitor del sistema de vigilancia explotó al salirse de la consola y caer al hormigón. Pudieron oír las alarmas antirrobo que sonaban en toda la casa y se dieron cuenta de que la policía estaría en camino.

El lobo se levantó del cemento y se acercó a la puerta de la cámara acorazada. Se levantó sobre sus patas traseras y golpeó con el hocico el botón rojo de emergencia del panel de control, haciendo que la puerta se abriera.

- ¡Steve! ¡No! - Gritó Darko, haciendo que Jana lo mirara con asombro.

El lobo no le hizo caso, gruñendo y gruñendo a Evilenko, encorvando sus enormes hombros como si estuviera listo para abalanzarse. Los ojos del capitán se movían de un lado a otro, buscando una forma de eludir al monstruo. Cuando se movía un centímetro en cualquier dirección, la bestia se movía como si fuera a cortarle el paso y saltar sobre él. Los gruñidos y rugidos de la criatura eran tan terribles que Evilenko se deslizó dentro de la bóveda en un esfuerzo desesperado por escapar. Al hacerlo, el lobo se levantó y cerró la puerta tras de sí.

- ¡Steve! No puedes... - Darko jadeó, pero al instante el lobo se puso como un perro pastor, gruñendo y rodeándolos para obligarlos a volver al ascensor. Hicieron lo que les pedía, y finalmente el monstruo entró junto a ellos. Darko pulsó el panel de control para llevarlos de nuevo a la planta baja, los gritos y llantos de Bojan Evilenko resonando en sus oídos.

CAPÍTULO DIEZ

Querido Steve,

Para cuando leas esto estaré lejos de Nueva York, lejos de los terribles recuerdos de mis recientes experiencias. Desgraciadamente, también me situará lejos de ti, y supongo que así es como debe ser.

El hombre que conocí como Zora Vlasic me dijo muchas mentiras, y verdades a medias. He leído los periódicos y ahora sé quién es realmente y todas las cosas horribles que ha hecho. Lo único que quedó sin explicar fue el lobo que mató a toda esa gente. Dijeron que se estaba investigando y que temían que fuera una tendencia que había que detener. Todo lo que puedo decir es que espero que no estés implicado.

No puedo seguir ignorando el hecho de que soy la única persona que ha estado involucrada en los tres incidentes.

La policía es plenamente consciente de ello, pero tu amigo Darko me ha eximido de toda sospecha. Les ha distraído para que busquen en otra parte, y yo aprovecho para dejar Nueva York definitivamente. No me cabe duda de que si me quedo, un día ese lobo volverá a aparecer en mi vida. Eso es algo que no deseo volver a experimentar.

Eres un hombre maravilloso con una gran personalidad, y siempre apreciaré los momentos que compartimos juntos, y el tiempo que te consideré mi mejor amigo. Sólo el último capítulo intentaré borrarlo de mi mente, aunque creo que será una pesadilla con la que siempre viviré.

Que Dios te bendiga, Steve, siempre estarás en mi corazón.

Con amor, Jana

- Bueno, supongo que eso es todo. - exhaló Steve tenso mientras Darko dejaba la carta en la mesa de centro entre ellos en la sala de estar. - Esa era mi única razón para vivir. -

- Vamos, Steve. - le reprendió Darko con gentileza. - Aunque no hayas recibido ningún crédito por ello, tú y yo sabemos lo que hiciste. La red de mercado negro de Evilenko fue destruida, sus conexiones con Al Qaeda fueron atrapadas y sus conexiones chinas están en fuga. El FBI invadió su planta en Catskills y se hizo un picnic con las bases de datos informáticas. Había suficiente evidencia para encerrar a todos en su equipo de por vida, además de que consiguieron que Andela se convirtiera en testigo del Estado. Tú eres el que debería haber recibido todas las medallas, no yo. De hecho, quiero dártelas a ti. Insisto. -

- Sólo hay una última cosa que puedes hacer por mí. - respondió Steve en voz baja. Sin palabras, sacó una Glock-17, con un cargador que ambos sabían que estaba cargado con balas recubiertas de plata.

- De ninguna manera, Steve. - levantó las manos. - De ninguna manera. Soy un policía, no un verdugo. Si quieres una muerte piadosa, puedo darte docenas de nombres. -

- Pruébate esto. - contestó Lurgan, dejando la pistola sobre la mesa. - Si me quitaras esta cosa, te sacaría de esa silla de ruedas permanentemente. Si te mudaras al desierto, a algún lugar como Arizona o Nuevo México, incluso California, seguirías cobrando tu discapacidad, no necesitarías trabajar. Todo lo que tendrías que hacer es dejar esta cosa en el desierto una vez al mes durante unos días, durante el ciclo de luna llena. Al principio cuesta acostumbrarse, pero después de un tiempo empiezas a recordar cosas, y tomas el control. -

- No me digas que tenías control sobre esa cosa. -

- No de esa forma. - insistió Steve. - Mira, es un lobo, lo has visto. Actúa por instinto, pero tiene el factor humano en su subconsciente, lo vimos. Puede ser benévolo a veces. Sólo tienes que ponerlo donde no esté expuesto a la violencia o no sea atacado. Incluso huirá si tiene la oportunidad. -

- Mira, parece que estás intentando que adopte un perro, y se te ha metido en la cabeza que si te disparo con una bala de plata, se acaban los problemas. - se burló Darko. - Olvídalo. Oye, llévalo a los medios de comunicación, dale una exclusiva a *Good Morning America*. El Gobierno no podrá tocarte entonces. Te pondrán en un centro privado donde serás libre de ir y venir, y sólo tendrás que registrarte durante el ciclo para observación y confinamiento. Suicidarte es una mierda, Steve.

No me siento cómodo con esa cosa sentada en la mesa. Guárdala. -

- Se acabó para mí, Darko. - Steve la levantó lentamente. - Jana era todo lo que tenía para vivir. No puedo pasar el resto de mi vida cuidando a este lobo. -

- ¡Steve! ¡No! - Darko gritó cuando Steve se puso la pistola en la cabeza y apretó el gatillo.

Al instante fue como si un torrente de ectoplasma surgiera de la boca de Steve, los fantasmas de docenas de seres torturados que vomitaron en un arco sobre la mesa de café y se clavaron como una daga fantasmal en el corazón de Darko. Los ojos de Lucic se pusieron en blanco y empezó a convulsionar con tal violencia que cayó de la silla de ruedas como muerto en el suelo.

No volvió a moverse hasta media hora después, cuando llegó la policía.

Fue aproximadamente un año después cuando Jana Dragana admiraba la puesta de sol desde la enorme ventana de cristal que daba a la ladera de la montaña desde su lujosa casa cerca del desierto de Sonora, en Arizona. El sol crepitaba con ardiente resignación, salpicando el cielo de naranja y oro mientras la oscuridad cobalto engullía el horizonte.

- ¿Ya estamos listos para irnos? - preguntó en voz baja.

- Sí, ya es hora. - respondió Darko Lucic, vestido sólo con su bata de rizo y sus zapatillas mientras se dirigía a su sala de ejercicios en la espaciosa casa del rancho. - Daremos un paseo hasta California cuando vuelva. -

- Te amo. -

- Yo también te amo. - dijo mientras cerraba suavemente la puerta del gimnasio tras de sí.

Se dirigió a la cocina y comenzó a enjuagar distraídamente

los platos de la cena, contemplando el paisaje. Nueva York era un recuerdo lejano de otro pasado, y todas sus adicciones y preocupaciones habían quedado muy atrás. Sólo le quedaba un recuerdo, y por fin lo había asumido lo mejor posible.

Hubo un movimiento en el exterior, hacia el ala este de la casa, y ella se apartó de la encimera de la cocina y miró por la puerta corrediza de vidrio. Allí vio al lobo gigante mientras caminaba por la casa, mirándola fijamente a los ojos.

A continuación, se dio la vuelta y se alejó una vez más hacia la puesta de sol.

Querido lector,

Esperamos que hayas disfrutado leyendo *Hombre Lobo*. Tómese un momento para dejar una reseña, incluso si es breve. Tu opinión es importante para nosotros.

Atentamente,

John Reinhard Dizon y el equipo de Next Chapter

John Reinhard Dizon nació y se crió en la zona de Cobble Hill en Brooklyn, Nueva York. Participó en competiciones deportivas en colegios de primaria y secundaria en Bishop Loughlin MHS, destacando en la modalidad de lucha, hockey y fútbol. Como vocalista del grupo "Spoiler and the Ducky Boys", ha sido una figura clave en la escena del rock de Brooklyn desde la Revolución Punk de los años 70. Se mudó a San Antonio, en Tejas, durante los años 80, donde destacó como luchador profesional mientras trabajaba como asistente legal. Aprobó con éxito un máster BA en la Universidad de UTSA y varios grados en artes marciales coreanas durante los años 90. Actualmente vive en KC MO, donde estudia su máster MA en Inglés en la UMKC. El Sr. Dizon ha estado escribiendo novelas de suspense y thrillers desde hace más de veinticinco años.

NOTAS

Hombre Lobo
ISBN: 978-4-82412-410-4

Publicado por
Next Chapter
1-60-20 Minami-Otsuka
170-0005 Toshima-Ku, Tokyo
+818035793528

20 enero 2022

* 9 7 8 4 8 2 4 1 2 4 1 0 4 *